I0831544

a la reflexión y al análisis sobre el delicado balance que muchos pueden estar afrontando entre el tiempo personal, el trabajo y la familia.

"Esta obra nace de la inspiración que me dio la vida como inmigrante, psicólogo y técnico de aire, generando una mezcla inusual pero bastante rica de experiencias que se plasman entre las páginas del cuento y que buscan inspirar a personas con rasgos como Clarke para sacar el mayor potencial de sí mismos, enfocarse en las cosas de un mayor valor intrínseco y en resumen, lograr llegar a ser más felices".

Dedicatoria:

Este libro e historia en particular se la dedico a mi padre, Carlos Ruiz, su insistencia en mis años de adolescente por leer libros que dejasen un mensaje positivo, una enseñanza duradera me impulso a crear uno por mi mismo, bajo mi experiencia como lector, psicólogo y su gran apoyo como editor de esta obra.

También se la dedico a mi madre, Monica Sosa, su gran apoyo desde mis primeros relatos escritos cuando era niño me han permitido seguir siempre creyendo en mi mismo e ir puliendo esta habilidad que utilizo en mi pasión de escribir.

A mi esposa, Catherine Flautero, por su apoyo en todas las labores de la vida, incluyendo los días que por largas jornadas laborales como técnico de aire, se encargaba de que el hogar se mantuviese en pie y apartar mi tiempo para la escritura.

A mis hijos, Gabriel e Ethan Ruiz, para que siempre se mantengan humildes y estén dispuestos a trabajar en equipo y apoyarse mutuamente a lograr sus metas.

A mi hermana, Mónica Ruiz quien siempre me ha acompañado en mis aventuras y dándome sus diferentes perspectivas de la vida.

A mi tía luisa, mi segunda madre, quien siempre me ha apoyado en todos mis proyectos y fue también de mis primeras lectoras, dando sus recomendaciones para enriquecer mis historias.

A Gustavo Terrero, tus consejos a lo largo de estos anos me han permitido ver las cosas con un umbral más amplio y acertar en muchas decisiones. Espero este libro te inspire a dar forma al proyecto literario que quieres escribir.

A mi tío chicho, mejor conocido como el Dr. Francisco Sosa Cabeza, un ejemplo de inspiración para mí como profesional médico y también como escritor que, hasta ahora, con sus 12 años de experiencia y cuatro volúmenes escritos, disfruto y comparto la emoción de dar vida a este conjunto de ideas y palabras en un libro.

A mi suegro, Ignacio Flautero quien durante mis años como estudiante de psicología siempre me recomendó aprender y estudiar algún oficio técnico e invertir en herramientas. Hoy puedo ver el valor de su consejo en tener dos profesiones totalmente distintas que me han abierto horizontes de comprensión y me han permitido juntarlas para no solo vivir de ellas; sino para crear esta fantástica experiencia.

Para mi cuñado, Carlos Flautero, como profesional del aire acondicionado, fue la razón por la que me metí en ese oficio y en su mundo.

También le dedico esta historia a mis colegas y mentores de aire acondicionado y refrigeración, ciertamente una carrera que nunca imaginé ejercer, pero descubrí en ella un ejercicio de servicio y vocación sin igual, ampliando mis horizontes sobre como ver la vida y entender como hoy en día, en un estado como Florida, en medio del verano somos privilegiados de tener tan fantástica invención dándonos todo el confort que necesitamos y aquellos valientes que trabajan largas jornadas llueva, truene o relampaguee.

Índice:

Capítulo 1: Un Trabajador Excepcional

Clarke se despertó con el sonido de su despertador. Eran las seis de la mañana y el sol ya empezaba a calentar el cielo. Se levantó de la cama y se dirigió al baño. Se duchó, se afeitó y se vistió con su uniforme azul de CoolForever, la compañía de aire acondicionado más grande y prestigiosa de Florida.

Clarke era el "Máster Tech" de CoolForever, el técnico más experimentado y respetado de la empresa. Llevaba más de treinta años trabajando en el sector y no había problema de aire acondicionado que no pudiera resolver. Era muy orgulloso de su trabajo y siempre creía en hacer las cosas él mismo. No confiaba en los técnicos novatos que habían entrado en la empresa recientemente. Los consideraba incompetentes y perezosos. Él se encargaba personalmente de los casos más difíciles y exigentes, y no dejaba que nadie le ayudara ni le dijera cómo hacer su trabajo.

Clarke salió de su casa y se subió a su camioneta blanca, que estaba llena de herramientas y repuestos. Encendió el motor y se dirigió a la oficina central de CoolForever, donde le esperaba su jefe, el señor Jones. El señor Jones era el dueño y fundador de CoolForever, y había contratado a Clarke cuando era solo un joven aprendiz. Clarke le tenía mucho respeto y lealtad, pero también le irritaba su forma de gestionar la empresa. El señor Jones era un hombre mayor, que se había quedado atrás en los avances tecnológicos y que seguía haciendo las cosas a la antigua. Clarke pensaba que la empresa necesitaba modernizarse y adaptarse a los nuevos tiempos, pero el señor Jones se negaba a escuchar sus sugerencias.

Clarke llegó a la oficina y saludó al señor Jones, que estaba sentado detrás de su escritorio. El señor Jones le devolvió el saludo y le entregó una carpeta con las órdenes de servicio del día.

—Buenos días, Clarke. Hoy tienes una agenda muy apretada. Hay muchos clientes que necesitan que les arregles el aire acondicionado. El verano está siendo muy duro y la gente no aguanta el calor. Tienes que ir rápido y hacer un buen trabajo. Recuerda que la satisfacción del cliente es lo más importante.

—No se preocupe, señor Jones. Yo me encargo de todo. Soy el mejor técnico que tiene esta empresa y no hay nada que se me resista. No necesito que nadie me ayude ni me supervise. Yo sé lo que hago.

—Eso está muy bien, Clarke. Me gusta tu confianza y tu profesionalidad. Pero no te olvides de que no estás solo. Tienes un equipo de técnicos que trabajan contigo y que pueden echarte una mano si lo necesitas. No seas tan orgulloso y acepta la ayuda de los demás. Así podrás hacer más trabajo y más rápido.

—Gracias por el consejo, señor Jones. Pero yo prefiero trabajar solo. Los demás técnicos solo me estorban y me hacen perder el tiempo. No saben lo que hacen y solo me crean más problemas. Yo soy el Máster Tech y nadie me puede enseñar nada.

Clarke cogió la carpeta y se dirigió a su camioneta. El señor Jones le miró con una mezcla de admiración y preocupación. Sabía que Clarke era un gran técnico, pero también sabía que su actitud era un problema. El señor Jones tenía pensado retirarse pronto y dejar a su mejor técnico como mánager, ese sería Clarke, pero temía que él, en esa posición tuviese muchos trabajos y problemas que no supiera resolver y que su orgullo le impidiera pedir ayuda. El señor Jones esperaba que ese día cuando llegase, Clarke estuviese listo, pues era muy inteligente.

Clarke salió de la oficina y se puso en marcha. Tenía que visitar a varios clientes que habían llamado a CoolForever para que les repararan el aire acondicionado. Clarke miró la carpeta y vio que tenía que ir a una casa, un restaurante, una oficina y un hotel. Eran trabajos de diferente complejidad y duración, pero Clarke no le tenía miedo a ninguno. Él era capaz de arreglar cualquier tipo de aire acondicionado, desde los más antiguos hasta los más modernos.

Clarke llegó a la primera dirección, que era una casa en un barrio residencial. Tocó el timbre y le abrió una señora mayor, que le recibió con una sonrisa.

—Buenos días, señor. Usted debe ser el técnico de CoolForever. Gracias por venir tan rápido. Mi aire acondicionado no funciona y estoy pasando mucho calor.

—Buenos días, señora. Soy Clarke, el Máster Tech de CoolForever. No se preocupe, yo le soluciono el problema en un momento. ¿Dónde está el aparato?

—Está en el salón, al lado del sofá. Por favor, pase.

Clarke entró en la casa y se dirigió al salón. Vio el aire acondicionado, que era un modelo antiguo y ruidoso. Lo examinó y vio que tenía el filtro sucio y la maquina se congelaba. Clarke sacó sus herramientas y se puso a trabajar. Cambió el filtro, descongelo la maquina y la limpio. En menos de dos horas, el aire acondicionado volvió a funcionar y empezó a enfriar el ambiente.

—Ya está, señora. Su aire acondicionado está como nuevo. Ahora podrá disfrutar de un clima fresco y agradable.

—¡Oh, muchas gracias, señor Clarke! Usted es un ángel. ¿Cuánto le debo?

—Nada, señora. El servicio está incluido como parte de su membresía a CoolForever. Solo tiene que firmar aquí.

—Por supuesto, señor Clarke. Aquí tiene. Y tome, esto es para usted. Un poco de agua y un bocadillo. Debe tener hambre después de tanto trabajar.

—No, gracias, señora. No tengo tiempo de comer. Tengo que ir a otros sitios. Le agradezco el detalle, pero no puedo aceptarlo.

—Vamos, señor Clarke. No sea tan duro consigo mismo. Tiene que cuidarse y alimentarse bien. El trabajo es importante, pero la salud más.

—No se preocupe por mí, señora. Estoy bien. Yo soy fuerte y resistente. El trabajo es mi vida y no me canso de hacerlo. Adiós, señora. Que tenga un buen día.

Clarke salió de la casa y se subió a su camioneta. No le hizo caso a la señora y rechazó su ofrecimiento. Clarke no solía comer ni beber durante el trabajo. Pensaba que era una pérdida de tiempo y que le restaba eficiencia. Clarke prefería trabajar sin parar, dando lo mejor de sí mismo y realizando trabajos más detallados que muchos otros.

Como de costumbre, Clark preparo su GPS y se dirigió a su próxima llamada. Condujo hasta el siguiente destino, que era un restaurante en el centro de la ciudad. Aparcó su camioneta y entró en el local. Se acercó al mostrador y preguntó por el dueño.

—Buenos días, soy Clarke, el Máster Tech de CoolForever. Vengo a reparar el aire acondicionado.

—Buenos días, señor Clarke. Soy el dueño del restaurante. Gracias por venir tan rápido. El aire acondicionado está en la cocina y no enfría nada. Los cocineros están sudando como pollos y los clientes se quejan del calor.

—No se preocupe, señor. Yo le soluciono el problema en un momento. ¿Dónde está la cocina?

—Está al fondo, a la derecha. Siga las flechas.

Clarke siguió las indicaciones y llegó a la cocina. Vio el aire acondicionado, que era un modelo grande y potente. Lo examinó y vio que tenía el termostato roto, el ventilador atascado y el circuito eléctrico dañado. Clarke sacó sus herramientas y se puso a trabajar. En ese proceso, recibió la llamada de su hijo: - Hola papá ¿cómo estás? - sonó su hijo con una voz animada.

—Ocupado Alejandro, ¿paso algo? — dijo Clark ocupado con la maquina en la que trabajaba.

—No, no ha pasado nada papá. Quería saber si salías temprano hoy para que vinieras a ver el juego de futbol conmigo esta tarde. — dijo Alejandro con entusiasmo.

—Alejandro, sabes que no voy a poder. En el verano el trabajo no para y los clientes no esperan. En otra ocasión lo vemos grabado hijo — dijo Clarke apurado por cortar y seguir con su trabajo.

—Este bien papá, yo lo grabo y lo vemos luego- Dijo Alejandro desanimado sabiendo que su padre siempre salía con ese mismo discurso y nunca terminaban viendo ninguna de esas grabaciones.

—Bueno hijo, bueno saber que estas bien, hablamos luego — dijo Clarke antes de colgar. Concentrado en su trabajo.

A Clarke no le gustaba que le llamasen por teléfono en medio del trabajo, así como esta llamada, constantemente cortaba las conversaciones para centrarse en lo que hacía. Su trabajo era peligroso y tenía que estar atento para no sufrir ningún accidente, pero incluso, fuera del trabajo por las noches, no llamaba de regreso por que llegaba cansado de su ardua jornada laboral y dejaba su teléfono personal con mensajes, correos y notas de voz acumuladas y sin leer.

Continuando con su trabajo en el restaurante, Clarke cambió el termostato, desatascó el ventilador y reparó el circuito. En menos de una hora el aire acondicionado volvió a funcionar y empezó a enfriar el ambiente.

—Ya está, señor. Su aire acondicionado está como nuevo. Ahora podrá disfrutar de un clima fresco y agradable.

—¡Oh, muchas gracias, señor Clarke! Usted es un genio. ¿Cuánto le debo?

—Nada, señor. El servicio está incluido en la garantía de CoolForever. Solo tiene que firmar aquí.

—Por supuesto, señor Clarke. Muy buen servicio.

Clarke salió del restaurante contento por otro cliente satisfecho y se subió a su camioneta. Continuando así con su jornada laboral que había iniciado desde tempranas horas del día y que continuaba cliente tras cliente hasta caer la noche.

Ya para sus últimos trabajos, Clarke se exigía seguir con el mismo rendimiento y seguir dando una espléndida actuación, pero sin tomarse ningún descanso de por medio y a veces hasta aguantando las ganas de ir al baño para no desviarse de sus rutas de trabajo.
Clarke sabía que era un trabajador excepcional que hacía jornadas más largas de la media y ante su propio orgullo le hacía sentir bien el saber eso al final del día, pero todo tiene un precio y tanta exigencia sin cuidado le pasaba factura a su cuerpo, a su salud mental y social.

Clarke no se daba cuenta, pero su ritmo de trabajo era insostenible y le estaba causando estrés, fatiga y aislamiento. Clarke tenía casi 50 años, pero se sentía como si tuviera 70. Su cabello estaba canoso, su piel arrugada y sus ojos ojerosos. Su espalda y rodillas le dolían, su estómago le ardía y su cabeza le martilleaba.

Clarke no tenía amigos, estaba divorciado y cada vez veía menos a su hijo. Solo tenía su trabajo. Y negaba estar mal, pero luego de las duchas frías por la noche, al acostarse en la cama y ver el techo, le aturdía el ruido de la terrible soledad cual callaba y sepultaba con unas pastillas para dormir, una buena almohada en su cama y sueños sobre conseguir el nuevo puesto de mánager de la empresa. Imaginando que todo sería mucho más fácil una vez trabajase en la oficina y por fin tendría más tiempo para el hacer ejercicio, compartir con su hijo y entrenar a los otros técnicos.

Capítulo 2: Llegando Al Limite

Pasaron Varios meses con la jornada y vida normal de Clarke, hasta que llego el gran día con el que tanto había estado soñando. El señor Jones, con su edad para retirarse tras muchos años de trabajo en la empresa, decidió dejar el puesto de mánager a Clarke quien siempre trabajo duro para conseguir tal posición. Una vez cedido el cargo, con los días siguientes, Clarke empezó a darse cuenta de que de ser técnico y trabar en la calle con sus clientes a pasar a estar en la oficina todo el día pendiente del trabajo de su equipo de técnicos, no iba a ser tan fácil como alguna vez se imaginó.

Clarke estaba sentado en su nuevo despacho, que antes era el del señor Jones. Se sentía orgulloso y honrado por la confianza que el señor Jones había depositado en él, pero también se sentía abrumado y estresado por la responsabilidad que conllevaba el cargo.

Clarke ya no era solo un técnico, sino también un líder. Tenía que gestionar a un equipo de más de veinte técnicos, que dependían de él para recibir las órdenes de servicio, los repuestos, las herramientas, las instrucciones, los consejos y el apoyo. Clarke tenía que organizar el trabajo, asignar las tareas, supervisar los resultados, resolver los problemas, atender las quejas, negociar con los proveedores, reportar al director y satisfacer a los clientes. Clarke tenía que hacer todo eso y más. Queriendo incluso en ocasiones saltar a una van de servicio e ir a casa de los clientes para reparar las máquinas de aire que algunos de sus técnicos encontraban complicadas y que él quería reparar mejor que nadie.

Clarke quería ser un buen jefe, pero no sabía cómo. Su orgullo le impedía delegar, confiar y colaborar con los demás. Clarke seguía pensando que él era el mejor técnico y que los demás no eran capaces de hacer las cosas tan bien como él. Clarke seguía queriendo hacer las cosas él mismo y no aceptaba la ayuda ni la opinión de nadie. Clarke seguía trabajando sin parar, dando lo mejor de sí mismo y realizando trabajos más detallados que muchos otros. Pero todo esto le traía problemas.

Clarke se había ganado la antipatía y el resentimiento de sus subordinados, que le veían como un jefe autoritario, exigente y arrogante.

Él no los escuchaba, no los valoraba, no los motivaba, no los reconocía, no los entrenaba, no los respaldaba. En cambio, él solo los criticaba, los presionaba, los castigaba, los humillaba, los ignoraba, los explotaba, los despreciaba. Clarke no era un líder, sino un tirano.

Clarke también se había ganado la desconfianza y la preocupación de sus superiores, que le veían como un jefe ineficiente, inflexible y aislado. Para ellos él no era un jefe, sino que empezaba a ser un problema.

Clarke también se había ganado la insatisfacción y la fidelidad de sus clientes, que le veían como un jefe irresponsable, indiferente y muy difícil de contactar, pues si no tenía al teléfono a otro técnico para supervisar que estaba haciendo. Podías encontrar a Clarke con sus manos ocupadas en una maquina reparándola e interviniendo el trabajo de otro técnico porque él sentía que podía hacerlo mejor.
Clarke estaba tan ocupado que no se daba cuenta de todo lo que estaba haciendo mal. Estaba exigiéndose aún más que años atrás en su carrera, pero no estaba obteniendo los

resultados que esperaba. Clarke estaba perdiendo el control, la calidad, la reputación, el respeto, la confianza, la credibilidad, la rentabilidad.

No paso mucho tiempo cuando un día, la empresa había conseguido un gran contrato comercial con unos de los edificios de la ciudad. Como mánager del departamento de aire de CoolForever, Clarke tenía el deber de asegurarse que la instalación de un aire comercial que surtiría de espacios acondicionados a todo el edificio se realizara de la mejor manera posible, con un equipo de trabajo eficiente que realizara la instalación de manera profesional y segura.

Ese día Clarke había llegado temprano con su camioneta, las herramientas y los materiales. Clarke empezó con el trabajo llegando media hora antes, y a medida que se acercaba la hora normal de trabajo, sus técnicos empezaron a llegar. Ninguno tenía buena cara, sabían que sería uno de esos días largos donde Clarke no dejaría trabajar a los demás técnicos a menos que fuese a su manera y a su ritmo.

Así, la instalación fue procediendo, con un gran equipo de trabajadores y maquinaria pesada en varios de los pisos del edificio. Constantemente Clarke se desplazaba entre equipos y zonas para supervisar el trabajo y casi en todas ocasiones, intervenir. Clarke criticaba, humillaba y contradecía a los técnicos cuando se salían del plan original y aportaban nuevas ideas.

Al transcurso de la semana con este gran trabajo en curso. El equipo de Clarke había logrado completar casi toda la instalación, quedaba el viernes como último día para terminar las conexiones eléctricas.

Nuevamente, Clarke esperaba al equipo de técnicos ya con sus manos en el trabajo, pero esta vez observando la hora de su reloj, se dio cuenta que nadie había llegado. Clarke se impacientó y llamó por teléfono a uno de ellos.

—¿Dónde estás? Te estoy esperando en el edificio. Tenemos que terminar la máquina hoy. Es un trabajo urgente y delicado.
—Lo siento, jefe. No voy a ir.

—¿Cómo que no vas a venir? ¿Qué te pasa?

—Nada, jefe. Es que estoy harto de usted.

—¿Harto de mí? ¿Qué quieres decir?

—Quiero decir que estoy harto de su forma de tratarnos. Usted es un jefe horrible. Nos hace la vida imposible. Nos exige demasiado, nos critica todo, nos humilla delante de los clientes, no nos aprueba las vacaciones, nos amenaza con despedirnos. Usted no nos respeta, no nos valora, no nos ayuda. Usted es un tirano.

—Eso no es cierto. Yo soy un buen jefe. Yo solo quiero que hagan bien su trabajo. Yo solo quiero que sean profesionales. Yo solo quiero que sean como yo.

—Pues no queremos ser como usted, jefe. Usted es un obsesivo, un solitario, un amargado. Usted no tiene vida, no tiene amigos, no tiene familia. Usted solo tiene su trabajo. Y su trabajo le está matando. Usted está enfermo, jefe. Y nos está enfermando a nosotros.

—No digas tonterías. Yo estoy bien. Yo soy fuerte y resistente. Yo soy el mejor técnico que hay. Yo puedo hacer cualquier trabajo. Yo no necesito a nadie.

—Pues entonces hágalo solo, jefe. Porque yo no voy a trabajar más con usted. Ni yo, ni ninguno de los demás. Hemos decidido renunciar. Hemos encontrado otro trabajo. En una empresa que nos trata mejor. Que nos respeta, nos valora, nos ayuda. Que nos hace sentir parte de un equipo. Que nos hace felices.

—¿Qué? ¿Estás loco? ¿Cómo se te ocurre renunciar? ¿Cómo se les ocurre renunciar a todos? ¿Qué voy a hacer yo sin ustedes? ¿Quién va a instalar la máquina?

—No lo sé, Clarke, No me importa. No es mi problema. Adiós.

El técnico colgó el teléfono. Clarke se quedó con el teléfono en la mano, sin poder creer lo que acababa de oír. Sus técnicos le habían abandonado. Le habían dejado solo. Le habían traicionado.

Clarke sintió una mezcla de rabia, tristeza y miedo. Rabia por la deslealtad de sus técnicos. Tristeza por la pérdida de sus colaboradores. Miedo por la incertidumbre de su futuro. Pero Clarke no se dejó vencer por esas emociones.

Clarke las reprimió y las sustituyó por otra: el orgullo.

Clarke se dijo a sí mismo que no necesitaba a sus técnicos. Que él podía hacer el trabajo solo. Que él era el Máster Tech y que nadie le podía detener. Clarke se armó de valor y decidió terminar el trabajo solo. Aunque fuera peligroso.

Clarke subió al ascensor y con sus herramientas se dirigió al cuarto de máquinas del edifico donde tenían parte de la máquina. Era un espacio reducido y lleno de cables. Clarke tuvo que hacer malabares para pasar solo con todos los materiales. Luego, bajó al sótano, donde estaban los brakers de electricidad. Tenía que apagarlos para poder conectar la máquina sin riesgo de electrocutarse. Clarke apagó los brakers y subió de nuevo al techo. Conectó la máquina y la encendió. Todo parecía funcionar bien. Clarke sonrió y se felicitó a sí mismo. Lo había logrado. Aunque le llevara hasta 3 veces el tiempo solo que con la ayuda de sus técnicos.

Sin embargo. Clarke había cometido un error fatal. Entre subir y bajar el edificio tantas veces, se le había olvidado una cosa: volver a apagar los brakers y no tenía a nadie para comprobarlo o avisarle. Cuando ajustaba la parte final del aire, no se percató de que los cables tenían corriente. Y causó una terrible explosión.

La explosión fue tan fuerte que se oyó en todo el edificio. Clarke grito de dolor y de terror por la inesperada sorpresa. Mientras chispas que salían disparadas por el cortocircuito avivaban un fuego abrazador que crecía rápidamente y se esparcía en el apretado cuarto de máquinas.

Clarke herido por el fuego y tosiendo por el humo que se acumulaba en la habitación, se arrastró y movió como pudo fuera de ese infernal escenario mientras sufría el intenso dolor de las quemaduras. Logro llegar hasta otra parte del techo donde cubierto de heridas por el fuego, observaba como en el otro extremo el cuarto de máquinas cedía y se consumía por las llamas. Clarke nunca había tenido un accidente tan peligroso o cercano a la magnitud de este. Estaba sorprendido por su descuido y decepcionado. Probablemente este si no era el fin de su vida, era el de su carrera.

Entre el dolor insoportable que sentía en todo el cuerpo y que incluso cada respiración le ardía por dentro. La incertidumbre de no saber que tan grave estaba y de que sería de su fututo. Y el ahogo por todo el humo que inhalo y la falta de aire que sentía. Clarke en unos pocos minutos y tendido sobre el suelo, termino perdiendo el conocimiento. No obstante, tuvo mientras su visión se borraba, un estímulo auditivo final con el que escucho el sonido de unas sirenas de la ambulancia y los bomberos llegando al lugar.

Capítulo 3: El Peso de las Decisiones

Clarke abrió los ojos y se encontró en una sala de hospital. Estaba rodeado de tubos, cables y máquinas que le mantenían con vida. No podía moverse. Solo podía ver, oír, hablar con dificultad y pensar.

Clarke vio a un médico que se acercó a su cama. El médico le miró con una expresión de compasión y le habló con una voz suave.

—Buenos días, señor Clarke. Me alegro de que haya despertado. Usted ha estado en coma durante dos semanas. Ha sufrido un grave accidente. Hubo una explosión en el edificio donde estaba trabajando. Usted estaba instalando una máquina de aire acondicionado. ¿Lo recuerda?

Clarke recordó. Recordó el trabajo, la máquina, los cables, el error, la explosión. Recordó el dolor, el miedo, la soledad, el peligro de muerte. Recordó todo.

—Sé que es difícil de aceptar, señor Clarke. Pero tengo que decirle la verdad. Usted ha perdido ambas manos y piernas. También tiene quemaduras en gran parte de su cuerpo. Y otras complicaciones internas. Usted ha sobrevivido de milagro. Gracias a la intervención de los bomberos y los paramédicos. Ellos le salvaron la vida.

Clarke sintió una mezcla de alivio, tristeza y rabia. Alivio por haber sobrevivido. Tristeza por haber perdido sus extremidades. Rabia por haber causado el accidente. No puede ser que casi nunca cometiera un error y ahora afrontaba las consecuencias de uno que casi le arrebato la vida. No lo podía creer.

—No se preocupe, señor Clarke. Usted no está solo. Nosotros estamos aquí para ayudarle. Usted va a recibir el mejor tratamiento posible. Usted va a tener prótesis, fisioterapia, psicología. Usted va a recuperarse. Usted va a volver a vivir.

Clarke no creyó al médico. Clarke pensó que su vida se había acabado. Clarke pensó que no tenía nada por lo que vivir. Ya no podría trabajar y sin su plena independencia a los cercanos 50 años, el sentía que poco podría hacer.

El medico se paró cerca de la puerta, y le dijo a Clarke — entiendo que toda esta información sea mucho que procesar en poco tiempo, le dejare solo y un grupo de enfermeras estará monitoreando su recuperación. No se preocupe que contactamos con sus familiares y están al tanto de lo sucedido — luego el medico se fue y cerró la puerta.

En un profundo silencio y solo en la habitación, Clarke se dio cuenta y analizó todas las decisiones de su vida. Y cómo poner el trabajo de primero sobre todas las cosas le había llevado hasta allí. Cómo el orgullo y el no aceptar ayuda de nadie ni delegar le había afectado. Cómo había perdido todo lo que le importaba.

Clarke recordó a su exesposa, que le había dejado por trabajar demasiado y no prestarle atención. Clarke recordó a su hijo, que le había renegado por no estar presente y no apoyarle. Clarke recordó a sus padres, que se habían muerto sin que él les visitara ni les llamara. Clarke recordó a sus amigos, que le habían abandonado por no compartir ni divertirse con ellos. Clarke recordó a sus técnicos, que le habían traicionado por no respetarles ni valorarles. Clarke recordó a sus clientes, que le habían demandado por no atenderles ni satisfacerles. Clarke recordó a su trabajo, que le había consumido y destruido.

Clarke se arrepintió de todo lo que había hecho mal. Clarke se lamentó de todo lo que había perdido. Clarke se odió a sí mismo.

Clarke lloró. Clarke lloró como nunca había llorado. Clarke lloró como un niño. Clarke lloró hasta que se quedó dormido.
Luego soñó. Soñó con una vida diferente. Una vida en la que hubiera sido más humilde, más generoso, más feliz. Una vida en la que hubiera tenido amor, amistad, familia. Una vida en la que hubiera tenido sentido.

Clarke quedó profundamente dormido llorando por la reflexión sobre su vida. Durmió toda la noche y parte de la mañana. No tuvo sueños, solo un vacío oscuro y silencioso.

Clarke se despertó a temprana hora de la mañana del día siguiente. Abrió los ojos y se encontró con una sorpresa. En la silla cerca de su cama se encontraba una persona sentada, no era su hijo como el esperaba con esperanza de ser visitado, en cambio era un señor desconocido sentado. Era un señor con aspecto mayor, de blancas canas y una gran barba blanca. Como un sabio chino. Llevaba un traje gris, una camisa blanca y una corbata roja. Tenía una sonrisa amable y una mirada profunda.

—Buenos días, señor Clarke. Me alegro de que haya despertado. Soy el doctor Lee. Soy el psiquiatra del hospital. Estoy aquí para ayudarle.

—Buenos días, doctor Lee. ¿Psiquiatra? ¿Qué hace usted aquí? ¿Quién le ha llamado?

—Nadie me ha llamado, señor Clarke. He venido por mi propia iniciativa. He leído su expediente y me ha parecido que necesitaba hablar con alguien. Alguien que le comprenda y le aconseje.

—No necesito hablar con nadie, doctor Lee. No necesito que nadie me comprenda ni me aconseje. No necesito su ayuda.

—No sea tan orgulloso, señor Clarke. El orgullo es una virtud, pero también un defecto.

El orgullo le ha traído hasta aquí, pero también le puede sacar de aquí. Depende de cómo lo use.

—No sé de qué me habla, doctor Lee. No sé qué quiere de mí.

—Quiero ayudarle, señor Clarke. Quiero que se recupere. Quiero que vuelva a vivir.

—¿Volver a vivir? ¿Para qué? ¿Qué sentido tiene mi vida?

—Su vida tiene el sentido que usted le quiera dar, señor Clarke. Usted puede elegir entre seguir sufriendo o empezar a disfrutar. Usted puede elegir entre aislarse o relacionarse. Usted puede elegir entre odiarse o quererse.

—No tengo elección, doctor Lee. No tengo nada. No tengo manos, no tengo piernas, no tengo trabajo, no tengo familia, no tengo amigos. No tengo nada.

—Sí tiene, señor Clarke. Tiene muchas cosas. Tiene su mente, tiene su corazón, tiene su alma. Tiene su pasado, tiene su presente, tiene su futuro. Tiene su oportunidad, tiene su reto, tiene su destino.

—No entiendo, doctor Lee. No entiendo lo que me dice.

—Le voy a explicar, señor Clarke. Usted tiene una mente privilegiada. Usted es inteligente, creativo, ingenioso. Usted puede aprender, inventar, resolver. Usted puede usar su mente para hacer cosas maravillosas. Cosas que le hagan feliz a usted y a los demás.

—¿Cómo puedo usar mi mente, doctor Lee? ¿Cómo puedo hacer esas cosas maravillosas de las que habla?

—Puede usar su mente para leer, para escribir, para dibujar, para componer, para enseñar, para inspirar, para soñar. Puede hacer cosas maravillosas con su mente, señor Clarke. Solo tiene que ponerse a ello.

—No lo sé Doctor, esas cosas podrían gustarme, pero no creo que me hagan feliz, no sé si podre serlo de nuevo. No sé ni por dónde empezar ni cómo hacerlo.

—Puede hacerlo con la ayuda de su corazón, señor Clarke. Su corazón es una fuerza que le permite sentir, emocionarse, conectarse.
Usted puede usar su corazón para perdonar, para pedir perdón, para agradecer, para disculparse, para elogiar, para reconocer, para respetar, para valorar, para ayudar, para aceptar ayuda, para dar, para recibir, para compartir, para confiar, para delegar, para liderar, para seguir, para escuchar, para hablar, para comprender, para entender, para empatizar, para amar, para ser amado. Usted puede usar su corazón para lo que quiera, señor Clarke. Solo tiene que abrirlo.

—¿Y cómo puedo abrirlo, doctor Lee?

—Puede abrirlo con el deseo de hacerlo, pero por sí solo, no bastara. Necesitará mantenerlo abierto, y para ello le he traído este incienso, señor Clarke. Este incienso es mágico. Tiene el poder de transportarle a otro lugar. Un lugar lleno de retos, pero donde todo es posible. Un mundo donde usted puede ser quien quiera ser. Un mundo donde usted puede hacer lo que quiera hacer. Un mundo donde usted puede vivir como quiera vivir. Un mundo donde usted puede intentar aprender lo que no ha aprendido aquí si desea abrir su corazón por completo.

—¿Qué dice, doctor Lee? ¿Qué es ese incienso? ¿Qué es ese mundo?

—Es un secreto, señor Clarke. Un secreto que le revelará la vida. Un secreto que se revelará usted mismo. Es una oportunidad, señor Clarke. Una oportunidad de empezar de nuevo. Una oportunidad de redimirse. Una oportunidad de vivir.

—No lo entiendo, doctor Lee. No lo entiendo.

—No tiene que entenderlo, señor Clarke. Solo tiene que aceptarlo. Solo tiene que probarlo. Esto que le traigo es una oportunidad de recuperar el tiempo y de tomar otras decisiones que le lleven a una mejor vida. Pero he de advertirle, a este mundo que viajara solo podrá volver después de un año y cuando finalice, usted deberá haber dado de sí a los demás lo que no dio en este mundo. Si no lo logra, todo esto pasará como un sueño y usted volverá a estar aquí.

Clarke quedo sin entender muy claro todo lo que el doctor Lee le había explicado, había mucho misticismo envuelto y Clarke nunca tuvo tiempo de creer en nada que no fuesen sus propias habilidades, la ciencia y su trabajo. Sin embargo, su situación le tenia desesperado y en un estado de duelo donde la realidad y la ficción carecían de mucho sentido para él.

—¿Qué me dice Clarke, aceptas el reto?

—Nunca he dicho que no a un reto señor Lee, pero no termino de entender que espera de mi en este estado. no termino de entender su reto ni cómo puedo recuperarme de esto. No sé si quiero seguir. Pero adelante, haga lo que usted tiene que hacer, quizás ese incienso de usted tenga propiedades psicotrópicas que me ayuden a olvidar todo esto, eso me serviría para empezar.

El doctor Lee guardo silencio, encendió el incienso y lo puso en una mesita al lado de la cama de Clarke. El humo del incienso se expandió por la sala y llenó el aire de un aroma dulce y embriagador. Clarke respiró el humo y sintió una sensación de paz y de alegría. Cerró los ojos y se dejó llevar por el aroma. Sentía como si flotara y como si su alma se despegaba de su cuerpo. Sintió como si el tiempo se parara y de repente solo flotaba en un gran vacío. Clarke dejo de sentir algún ruido o presencia, solo escuchaba cada vez más fuerte el sonido de su propio corazón. Clarke se calmó y pasado un rato se durmió.

Capítulo 4: Bienvenido a Zal

Clarke despertó y se encontró tirado en las arenas de un desierto. Estaba debajo de un árbol seco que le cubría del intenso calor del sol. Se levantó y miró a su alrededor. No había nada más que arena, rocas y cactus. Se frotó los ojos y miró al cielo. Había dos soles. Uno rojo y otro amarillo. Clarke se quedó boquiabierto. No podía creer lo que veía.

Clarke se tocó la cara y el cuerpo. Se dio cuenta de que sus manos y piernas estaban sanas. No había rastro de las heridas que le había causado la explosión. Clarke sentía su cuerpo con más vigor y su piel, aunque cubierta de arena, parecía con menos arrugas y más tersa. Se dio cuenta de que era algunos años más joven. Tenía más cabello, se sentía mejor y todas sus antiguas flaquezas habían desaparecido. Clarke se quedó asombrado. No podía creer lo que sentía.

Él recordó lo que le había pasado antes. Recordó el accidente, el hospital, el doctor Lee, el incienso, el sueño. Recordó todo. Clarke se preguntó dónde estaba y qué estaba pasando.

Él se sintió confundido y asustado. No podía entender lo que le estaba ocurriendo.

Decidió buscar alguna explicación. Decidió deambular por el desierto, buscando alguna señal de vida, un pueblo o algún lago. Siguió su instinto, esperando encontrar alguna respuesta. ¿Sera que el doctor Lee le había transportado a otro lugar? ¿O era una alucinación? Clarke tenía muchas dudas, pero no iba a quedarse esperando sentado con el calor abrazador pegándole en el cuerpo.

Clarke caminó durante un par de horas por el desierto. No encontró nada ni a nadie. Solo arena, rocas y cactus; y los dos soles, que le quemaban la piel y le cegaban la vista. Él se deshidrató y se cansó. Se desesperó y poco a poco sus ánimos se fueron consumiendo hasta que callo rendido sobre las calientes arenas. Intentando tomar aire y usando la miseria de energía que le quedaba, se sentó en el suelo y se resignó a morir. No estaba seguro si todo era un efecto psicotrópico del incienso o un mal sueño, de esos que parecen demasiado reales hasta que te despiertas. Esto no podía ser real, debía de estar dentro de un trance o algo por el estilo. Quizás, si se dejaba morir despertaría nuevamente en el hospital. De una u otra forma, Clarke se sentía muy jodido, sin ánimos y deprimido.

Pero entonces, Clarke oyó un ladrido. Él levantó la cabeza buscando el origen del ruido y vio a un perro. Era un perro del desierto. Parecía a la mezcla entre un perro y una hiena. Tenía el pelo corto y marrón, las orejas largas y puntiagudas, la cola corta y rizada, los ojos negros y vivaces. Su tamaño era mucho más grande que un perro promedio. Este perro/hiena se acercó a Clarke y le olisqueó. Luego, le habló.

—Hola, humano. ¿Qué haces aquí? ¿Estás perdido?

Clarke se quedó atónito. El perro le hablaba. Con palabras. Con sentido. Clarke no sabía qué decir. Él no sabía qué hacer. creía que ya se había vuelto loco y trastornado.

—No te asustes. No te voy a hacer daño. Estoy de paso por el desierto y no pude evitar verte tirado ahí todo triste. Me llamo Rex. ¿Y tú? ¿Qué haces aquí? ¿Todo en orden?

Clarke se armó de valor y le respondió.

—Me llamo Clarke. Estoy Aquí por... la verdad no sé qué hago aquí, ni como llegue ni adonde estoy. Solo sé que este desierto no se parece a nada que haya visto en Florida. No sé qué pasa.

—Ya veo, Clarke. Estás confundido. Estás en el desierto de Zal. Es un mal lugar para deambular solo, sin cristales y sobre todo con esas ropas — decía Rex mirando a Clarke de forma rara y despectiva.

Clarke no se había percatado que aun cargaba la bata del hospital, que, como costumbre, dejaba al descubierto toda su retaguardia.

—he... no hablemos sobre mi ropa ¿quieres?

— dijo Clarke todo apenado y cubriéndose con la tela — Luego continuo —. ¿Qué dices, Rex? ¿Qué es el desierto de Zal? ¿Como es que puedes hablar o como es que puedo entenderte?
Rex lo miro de forma extraña - El sol ya debe de haberte pegado Clarke, eres un humano muy extraño, ¿aunque que humano no lo es? Todos los Sharq podemos hablar lengua común por si

no sabias - dijo Rex de forma irónica y refiriéndose a "los Sharq" como la raza de criatura a la que pertenece. - sígueme, Clarke, me dirijo por el desierto y seguro conseguimos una sombra o un lugar para descansar hasta que lleguemos a mi aldea.

Clarke sin muchas opciones, confundido y sediento a mas no poder, decidió seguir a este extraño y hablador perro por el camino.

Los dos siguieron vagando por horas a través de las candentes dunas del desierto. Rex que parecía todo un citadino y caminaba con esfuerzo, pero acostumbrado, no dejaba de hablar y de contarle a Clarke sobre el desierto y sus aventuras en él.

Clarke no era mucho de escuchar historias de los demás, estaba muy acostumbrado a hablar de las suyas en sus círculos de trabajo, donde normalmente alardeaba sobre sus conocimientos en la materia. Ahora estaba perdido y no sabía nada del lugar y su única esperanza era seguir a este perro parlante que contaba toda clase de historias, de las cuales a Clarke en el momento no podían importarle menos.

—Y bueno, así fue como de pequeño descubrí que la arena no era comida y que costaba despegar de la lengua — terminaba de decir Rex sobre uno de sus cuentos.

—¿cuánto falta para encontrar agua? — Dijo Clarke muy sediento y casi derritiéndose del calor.

—Aun falta un poco, pero no te desesperes ya casi llegamos.

Rex y Clarke siguieron caminando hasta que llegaron a un valle. Era un valle con sombras y más fresco. Había árboles, y se veía en el centro un estanque de agua. Era un oasis en medio del desierto. Era un paraíso en medio del infierno.

Ha Clarke se le avivaron los ánimos, sus ojos se abrieron como los de un búho y empezó a imaginarse nadando y bebiendo del lago, así como refrescándose en las sombras que los árboles y rocas brindaban.

—Clarke aún no hemos llegado, ni lo pienses — dijo Rex advirtiendo sobre ese pequeño valle.

—¿Qué dices, Rex? ¿cómo que ni lo piense? Si llevamos varias horas de caminar y ni un sorbo de agua. Esto es perfecto, esto es una maravilla.

—No Clarke, te equivocas. Tengo muy buenas razones para evitar ese valle e ir por el desierto un poco más hasta nuestro destino.

—Estás loco Rex, esta es una oportunidad perfecta para tomar agua, tu solo eres un perro bobo, así que tranquilo que, si no quieres, yo voy y luego te alcanzo.

—No seas imprudente, Clarke. Estos valles suelen parecer demasiado buenos para lo que realmente son. No te distraigas.

—No me importa, Rex. No me importa. Yo quiero entrar en el valle. Y voy a tomar y refrescar en esa laguna te guste o no.

Clarke se dejó llevar por su sed, orgullo y su curiosidad y evito las palabras de Rex, dirigiéndose al valle con unas ansias enormes por refrescarse en el lago. Rex le veía a lo lejos, sorprendido por lo imprudente y necio que era Clarke.

Clarke llego al lago y sin pensarlo al ver su agua cristalina tomo un poco de ella. sintió un gran alivio mientras esa refrescante agua bajaba por su garganta. No tenía sabor y se sentía bastante limpia. Clarke bebió de ahí desesperadamente y hasta se sumergió en sus aguas. Estaba muy contento.

—Ese perro bobo quería que me perdiera de esto, de esta maravilla. De aquí no me voy hasta que sepa exactamente a donde vamos y como llevo agua para el camino. Este lago es fantástico — se dijo así mismo Clarke mientras disfrutaba del agua y nadaba en ella.

Clarke estaba muy ensimismado por el lago del valle que le había devuelto energía y era un alivio para el abrazador calor del desierto de Zal. Estaba tan concentrado en tomar y refrescarse el cabello con el agua que no escuchaba unas pisadas bien pesadas en la arena que se acercaban lentamente a él.

—¡Clarke! Sal nadando de ahí, ¡corre! — Gritaba Rex a lo lejos.

Clarke reía y se sumergía en el agua, no lograba escuchar los gritos de advertencia de Rex. En una de esas sumergidas, cuando Clarke salió para tomar aire, observo a unos pequeños seres que le miraban desde la orilla del lago.

Eran unos gnomos de fuego. Unas criaturas consideradas por la mayoría de los habitantes de Zal, como malvadas. Eran pequeños y rojos. Con cuernos, colmillos y garras. Tenían un cabello de fuego y ojos de la misma naturaleza. Tenían cara de estar muy furiosos y cargaban armas como arcos y espadas cortas en sus manos.

Clarke se asustó al ver a estas pequeñas criaturas hostiles acumuladas en la orilla viéndole, rugiendo y agitando sus espadas. En un instante su pulso cardiaco se aceleró porque sabía que había sido imprudente y ahora corría grave peligro.

En un instante, uno de los gnomos de fuego, preparo su arco y flecha y disparo contra Clarke, esta flecha paso rosando al lado de Clarke generándole un pequeño corte en su brazo izquierdo. Clarke se agarró la herida con dolor, y empezó desesperadamente a nada en sentido contrario a los gnomos, estos corrían siguiendo a Clarke por la orilla y seguían disparando sus flechas y sus lanzas.

Cuando por fin Clarke alcanzo la orilla, empezó a correr entre las rocas del valle, pero el valle estaba bordeado por corredores de piedra cuales algunos terminaban en callejones cerrados. Clarke estaba perdido y con la única ventaja que los gnomos tenían patas muy cortas y con sus armas pesadas corrían lento.

De repente. Clarke escucho un ladrido de esperanza, era Rex que le llamaba desde una zona próxima en el valle para que le siguiera. Clarke no lo dudo dos veces y corrió tras de él. Ambos compañeros se movieron velozmente a través del laberinto de rocas en los corredores de piedra, dejando atrás a los pequeños gnomos de fuego que ardían más de lo normal por la intromisión de Clark y Rex.

Con destreza y velocidad, ambos compañeros lograron alejarse del valle y una vez apartados de él y a salvo, aunque de regreso en las dunas calurosas del desierto, Clarke y Rex tomaron un respiro y contemplaron a la distancia como los gnomos ya no le seguían.

—Gracias Rex, me has salvado de lo que sea que sean esas criaturas. Pero esto es una locura, ¿por qué no me dijiste que había mostros de ese tipo ahí en el valle?

—Te dije que era una mala idea entrar en ese valle, todos saben que hay gnomos de fuego en esos lugares y protegen celosamente esos estanques. Es como un lugar sagrado o maldito para ellos. Da igual.

—¿Que? ¿Me dices que hay más como esas criaturas en otros valles?

—Claro Clarke, hahaha estamos en el desierto de Zal, de verdad que estas bien perdido. ¿Tú de dónde eres?

—yo soy de la tierra, específicamente de Estados unidos de América, Florida.

- mmmmm.... que extraño, no conozco ningún lugar llamado así, debe de ser muy lejos. Bueno, ahora, si ya no vas a salir corriendo a otros valles, me puedes seguir que ya debemos no estar muy lejos de llegar a la aldea de donde provengo.

Clarke y Rex continuaron su camino por las dunas del desierto, ahora Clarke tenía claro que era un forastero en una tierra muy lejana, como ninguna que había visto nunca, de la cual no sabía nada y tenía la gran suerte de haberse encontrado con un perro hablador, lo suficientemente amable como para guiarle a un lugar seguro. Entendió que tendría que hacer caso a las advertencias de Rex si quería permanecer con vida y encontrar una forma de regresar a su mundo.

Quizás tendría una misión que cumplir aquí, o algo importante que aprender, recordó al doctor Lee y sus palabras, tenía solo un año para sobrevivir y dar algo a los demás que nunca dio en su mundo de origen, no sabía que era exactamente, pero había aceptado el reto y estaba atrapado en él. Clarke decidió aventurarse con Rex a ver que el futuro le deparaba.

Capítulo 5: La Aldea de Zira

Clarke y Rex vagaban por el desierto. Cada paso que se hundía entre las calientes arenas desesperaba más y más a Clarke. Él recordaba como en su trabajo como técnico, el soportaba el calor del verano mientras reparaba las máquinas de aire o sudaba increíblemente dentro de los áticos. Él sabía que estaba acostumbrado al calor, pero algo tenía el desierto de Zal con sus dos soles, que le hacían sentir aquel calor de su trabajo como algo más leve a lo que ahora sentía y más con la escasez de agua y sombra que tenía en el desierto.

Rex que dirige la marcha por las dunas, observo el rostro perdido de Clarke y le pregunto — Oye Clarke, ¿en qué piensas?

Clarke no supo que responder, explicar en qué consistía su trabajo a un perro/hiena del desierto parecía muy complicado y su boca estaba seca y llena de arena, así que dijo lo primero que se le ocurrió. — pienso en cuanto falta, ¿cuándo iremos a llegar?

—No falta mucho, ya puedo oler a los Kura desde aquí.

—¿Que es un kura?

—Amigo Clarke, los kura son el animal más noble del desierto, obviando a los Sharq por su puesto. Su carne es un poco dura pero sabrosa, su leche es refrescante, son fuertes y sirven de mucho para las aldeas además de que al morir sus caparazones son excelente casa para mí y todos los Sharq.

Clarke recordó que los Sharq era como Rex llamaba a su raza de "perros/hienas" y por la descripción que daba, estos kura eran algún tipo de tortuga muy extraña y de gran tamaño.

El recorrido continuo con cuentos de Rex sobre la vez se quedó atorado en el caparazón de un Kura y vivió dentro de el por un mes, rodeándose de otros kuras creyendo que había sido víctima de alguna metamorfosis hasta que se logró despegar del caparazón.

Al paso de varias horas, Clarke empezó a ver a lo lejos indicios de una civilización, algunas paredes de piedra del color de la arena levantaban casas y chozas. También se veían a lo lejos siluetas de personas y las tortugas gigantes y extrañas a las que Rex llamaba Kura.

—Clarke ya llegamos, eso de allí es la Aldea de Zira, es reconocida por tener una gente que trabaja en las minas de cristales y ser un centro de comercio entre las aldeas de Zal.

Clarke estaba maravillado con lo que observaba y escuchaba de la aldea. Ya estando cerca, Clarke observo luz en farolas que se conectaban con tubos de un metal extraño, muchas personas humanas con vestimentas del desierto, varios enanos corpulentos y otros seres como los humanos, pero de piernas largas y orejas puntiagudas muy atléticos. También noto una enorme fuente de agua que se ubicaba en la entrada de la aldea y de la cual brotaban chorros de agua.

Clarke no pudo resistirse y se adelantó a Rex, corriendo rápidamente a tomar agua de esa fuente, Clarke sumergió su cabeza y tomaba grandes bocanadas de agua, se la frotaba en la cara y por los ojos, era un gran alivio para el poder refrescarse luego de haber estado al borde del desespero durante su recorrido por el abrazador desierto.

Cuando Clarke levanto su cabeza con la sed saciada y todo cubierto de agua desde la punta de su cabello hasta los pies, noto como Rex y aldeanos cercanos a él lo veían con horror.

—¿Que ocurre Rex? ¿Por qué todos me miran así?

—Ehhh... Clarke esa es el agua de los Kura, y esos animales toman el agua y la escupen... por favor no hagas eso o tendré que decir que no te conozco y todos pensaras que sufres de demencia.

Clarke se sorprendió y se dio cuenta que ni había notado el color grisáceo del agua y los grumos que flotaban en ella. Sintió un enorme asco y nauseas. Pero logro contenerse por poco.

—Ven Clarke, necesitas un baño urgente, uno para el cuerpo y otro para tu alma luego de esto — dijo Rex con desagrado.

Los dos caminaron por la aldea, seguidos por la mirada de los aldeanos quienes se impresionaban por el aspecto de las vestiduras de Clarke. Siguieron avanzando hasta que llegaron a una casa grande donde se encontraba una señora como de unos 40 años, morena con una cabellera viva de pelo rulo color negro, usaba unos lentes gigantes que le protegían de una soldadura que realizaba en unas tuberías.

—Hola Marcela, que gusto verte, no has perdido el toque con tu soldador — dijo Rex de una forma jovial.

—¿Qué quieres Rex? ¿Qué pobre alma atormentaste con tus historias hasta que volvieras aquí?

—No atormente ninguna, más bien salve una y está aquí — decía Rex emocionado mientras señalaba a Clarke que se encontraba tragándose su orgullo todo apenado.

Marcela se quitó los lentes, apago el soldador y levanto la mirada a Rex y por último a Clarke —¡Dios mío! pero ¿de dónde has sacado tu a este Rex? Este hombre parece que ha sido tragado por un Snorknork y escupido de regreso. Además, ¿que son esas ropas?

—Ehh no sé qué es un Snorknork, pero entiendo que los problemas del viaje se ven reflejados en mí aspecto, disculpé mis ropas, estuve perdido en el desierto hasta que Rex me encontró y me trajo acá esperando poder reabastecerme.

—Ya veo, entonces que lo que decía Rex era verdad... y ¿de dónde vienes? ¿Como te llamas?

—Me llamo Clarke — seguido de esto, le relato su historia y como había llegado a este mundo.

Marcela lo miro con duda, pero le respondió — tienes suerte de que Rex te encontrara y te trajera conmigo primero. Hay muy pocas personas que creerían una historia así, pero yo podría decirse que he visto cosas fuera de lo extraordinario. Y bueno, alguien lo suficientemente capaz para soportar un viaje en el desierto con Rex puede merecer la oportunidad de que se le ayude. Así que déjame ofrecerte algunas cosas para que te acomodes y luego hablamos en cómo me lo pagas.

Clarke asintió y agradeció la ayuda a Marcela y a Rex. Observo como ella le conseguía en esa casa que parecía un taller, con tuberías por todos lados y herramientas, unas ropas de tela para él, le indicaba donde estaba el baño y le ofrecía comida y agua.

Pasaron las horas y Clarke ya estaba recompuesto, tenía vestimentas acordes al lugar, estaba alimentado y fresco. Se sentía muy bien. Había estado observando esta extraña casa/taller y como funcionaban las cosas. Se dio cuenta que el agua salía de pozos subterráneos extraída por unas grandes bombas que las distribuían por toda la aldea, estas bombas funcionaban con una electricidad muy distinta y no se parecía a nada que el haya visto, procedía de unos cristales mágicos que encerraban en unas maquinarias como hornos y el calor cinético expulsado de ellos, se transformaba en energía que permitía encender luces y maquinas. Todo esto le parecía sumamente fascinante.

Siguió observando todas las cosas extrañas de la casa y la aldea, como a los kuras que eran en efecto una criatura relacionada con las tortugas, pero mezclada con un castor, ya que su cola, cabeza y patas se parecían mucho a este último, pero poseía un gran caparazón.

Cayo la noche, Clarke se encontraba en la casa/taller donde Marcela le invito a sentarse en la mesa a comer junto a ella, Rex y una pequeña niña como de 8 años.

—Bienvenido Clarke, ahora se te ve mucho más normal y mejor de cómo te vi hace unas horas — dijo Marcela sirviéndose un plato de carne y pasando un bol de ensalada con pedazos de cactus —. Por cierto, esta es mi hija Saraí, ya está aprendiendo todo tipo de soldaduras de tuberías de cristales.

—Hola Saraí mucho gusto. Gracias Marcela por toda tu ayuda, la verdad no me había sentido así de bien en mucho tiempo y wow ¿ella ya tan pequeña trabaja con soldaduras y metales? -dijo Clarke mientras recibía el bol y lo pasaba.

—Pues claro, desde los 5 años la estoy entrenando. ¿Qué más podría estar haciendo?

A Clarke le impresionaba el hecho de que una niña tan pequeña no estuviese en la escuela y estuviese haciendo un trabajo tan duro, pesado y peligroso como la soldadura, pero rápidamente intuyo que esto podía ser algo normal en este mundo y dijo. —no, nada. La verdad es que me sorprendí porque yo también hago soldaduras, pero no comencé tan joven.

Por cierto, ¿dónde están los aires acondicionados? En este desierto hace mucho calor y no veo como refrescan sus hogares, se siente bastante fresco aquí adentro.

—¿Aires acondicionados? ¿Qué es eso? —Pregunto Marcela confundida.

—Son unas máquinas que enfrían o calientan los hogares y los hacen estar a unas temperaturas bastante confortables, de donde vengo en cada casa hay una.

Marcela, Rex y Saraí lo vieron con cara de sorpresa. No sabían qué clase de cuento era el de los aires acondicionados.

Rex se rio y dijo — ¿Vez por qué lo traje Marcela? Clarke siempre echa esos cuentos raros de máquinas y cosas que nadie entiende. Es alguien con mucha imaginación.

—No es un invento mío, la verdad es algo muy cotidiano de dónde vengo y es extraño no ver como enfrían estas casas, pero se siente muy fresco para el calor extremo que hay allá afuera — dijo Clarke intentando aclarar que no estaba loco y que hablaba con verdades.

—tienes toda clases de historias Clarke, muy raras, muy extrañas, pero te creo. Sin embargo, te puedo decir que no tenemos nada parecido a lo que tú dices. Todos aquí soportamos el calor abrazador de Zal con los cristales mágicos que se extraen de las minas cerca de acá — dijo Marcela y seguido de eso, cogió un cristal azul que tenía en un mueble y lo rompió. Este cristal desprendió un aire mágico que se impregno en ella y en todo el interior de la casa.

Clarke sintió un viento de aire frio que se mantuvo sobre su ser y noto como el lugar disminuía su temperatura hasta llegar a ponerse incluso un poco helado. Estaba impresionado.

—Bueno, ya tocaba usar un nuevo cristal, era el momento justo para hacerlo y demostrarte tu respuesta de cómo la gente de Zal soporta este calor abrazador de los dos soles — dijo Marcela. –Lo cierto es que, sin estos cristales, los habitantes de Zal no podrían vivir.

Clarke no lo podía creer y su rostro no podía contener la expresión de sorpresa.

—Parece que no habías visto los cristales mágicos, ni su magia ni nada por el estilo, no sé de dónde vienes Clarke, pero si te interesa, aun me debes el favor por el hospedaje y la ayuda que te brindo. Podrías trabajar mañana con el maestro minero Duspathalyn para las minas de cristales y conocer más de ellos. ¿Qué te parece?

—Me parece bien, y sin dudas me alegra poder saldar mi deuda contigo de esa manera. - Clarke sabía que el trabajo duro no iba a ser impedimento y con su salud como estaba sentía que sería perfecto, además que tenía un gran interés por estos cristales y como funcionaban. Además, no olvidaba el reto del Dr. Lee sobre ayudar y dar a los demás. Así que le pareció un buen punto de inicio.

—Perfecto Clarke, dejare saber a Duspathalyn que mañana empiezas con él, solo no tomes personal como él hace las cosas.

Todos se levantaron de la mesa, y Clarke ayudo a recoger los platos. Compartió un rato más con Marcela, Saraí y Rex y luego se dirigió a la choza donde le habían ofrecido un espacio para dormir. Al llegar se dio cuenta que era un depósito de herramientas y cachivaches donde también dormía Rex en el piso sobre una alfombra.

—No puede ser, tiene que ser una broma — dijo Clarke disgustado por el espacio y la compañía

—Hola Clarke te estaba esperando para dormir, te guarde un puesto aquí al lado mío. Además, estaba esperando un cuento tuyo para dormir — decía de forma alegre Rex agitando la cola

—No hay cuentos, solo silencio y a dormir — dijo Clarke con molestia y resignándose a dormir en el suelo.

—No seas malo Clarke, echa un cuento cortico. O... ¡ya se! Yo empiezo, te tengo un cuento donde una vez estuve en una carrera de Kuras y la mía era la más veloz, sentí como el viento movía mis cachetes por la gran velocidad que iba y.... — contaba emocionado Rex mientras Clarke acomodaba un cojín sobre su cabeza y buscaba el escape del sueño para no terminar de escuchar otra de las historias de Rex.

Poco a poco Clarke sintió como sus parpados le pesaban y la vista se le nublaba, al paso de unos minutos el sueño se apodero de su conciencia hasta que se quedó dormido.

Capítulo 6: La Mina de Cristales Mágicos

Era temprano en la mañana cuando Clarke despertaba de una noche no tan placentera en la alfombra de esa pequeña choza, donde durmió al lado de Rex que no dejo de dar patadas y hablar mientras dormía. Clarke abrió los ojos y se percató de que su amigo perro/hiena no estaba y ya se oía en las afueras actividad en la aldea. Él se levantó, se sacudió la arena que se levantaba con las brisas de la noche y se lavó la cara con una pila de agua que tenía cerca, como en todas las casas y chozas de la aldea de Zira.

Al salir de ahí, el radiante brillo de los dos soles se Zal impactaron en su rostro y encandilaron. De nuevo, se encontraba ante el calor abrazador del desierto.

De repente, escucho una voz femenina que le sonó familiar. —Buenos días, Clarke, me da gusto no haber tenido que ir a despertarte. El equipo se está alistando para salir a las minas.

Clarke volteo y se dio cuenta que era Marcela que tenía una expresión de satisfacción en su rostro.

—Buenos días, Marcela, no tienes que preocuparte por eso, yo estoy acostumbrado a madrugar. De dónde vengo he pasado la mayor parte de mi vida madrugando para estar listo para el trabajo - respondió Clarke con sinceridad.

—Bueno, me alegra oír eso. Ya que estas listo, no perdamos el tiempo y déjame presentarte a Duspathalyn, él es el encargado del trabajo en las minas. Él está por aquí cerca.

—Muy bien, te sigo.

Los dos caminaron por la aldea y se aproximaron a un enano de barba frondosa, que tenía un garrafón de lo que parecía cerveza. Se encontraba dirigiendo a los trabajadores mientras montaban todas las herramientas en los Kura, para dirigirse a las minas.

—Vamos holgazanes, no tengo todo el día para esto. Muévanse o los hare comida de algún Snorknork — gritaba Duspathalyn mientras sorbía tragos de su garrafón.

—Disculpe señor Duspathalyn, le traigo un trabajador nuevo — dijo Marcela con respeto.

—Hola Sr. Duspathalyn, mi nombre es Clarke, mucho gusto - dijo Clarke mientras le tendía la mano para saludarle formalmente.

Duspathalyn le miro extrañado y dijo — ¿Y este? ¿de dónde lo sacaste Marcela? No parece de por aquí. - seguido de decir esto, tomo otro trago de su cerveza sin corresponder el saludo a Clarke.

—Viene de muy lejos, pero esta apto para trabajar y también me debe el favor así que son dos pájaros de un tiro.

—No se preocupe Sr. Duspathalyn, vera que puedo hacer un buen trabajo — dijo Clark con confianza.

—Eso ya lo veremos — respondió en seco Duspathalyn mientras hacía señas a Clarke para que ayudara a los demás a cargar los kuras.

Al cargar todos los picos, palas y demás herramientas en estas monturas de Tortugas gigantes que era los kuras, el grupo completo se dirigió en camino a las minas. El recorrido no fue corto, y el calor de los dos soles tampoco lo hizo placentero. Clarke observaba como todos tenían pequeños fragmentos de cristal azul que rompían de vez en cuando para refrescarse, algo que generaba un gran alivio. Pero al mismo tiempo Clarke se daba cuenta que al hacerlo, parte de ese gas frio que desprendía no era frio en lo absoluto y generaba una nube de gas que subía a la atmosfera.

También noto como lo que se impregnaba de ese gas era no solo una disminución de la temperatura, sino también se veía como el área cerca de la fragmentación se deterioraba, las ropas de desteñían, las manos de quien los rompía se agrietaban, el caparazón de los kuras perdía su brillo. Parecía que el cristal consumía parte de la vitalidad de su entorno, pero no quedaba claro, ya que las marcas desaparecían a los minutos.

Pasado el rato y un largo trayecto de viaje, Clarke pudo observar a la distancia las minas de cristales mágicos de Zal, era una formación rocosa que daba paso a una cueva que se hundía dentro de las profundidades del desierto, allí, se encontraban otros trabajadores que rompían las rocas buscando tan preciado y necesario cristal.

—Bueno, es hora de despertarse, ya descansaron en el viaje y ahora toca trabajar como se debe, cojan sus palas, picos y martillos y a empezar que hoy hay mucha competencia por esos cristales. Nada de holgazanear —Gritaba Duspathalyn asegurándose que todos sus trabajadores empezaran rápido.

Cada uno cogió sus herramientas y caminaron en fila hacia la cueva rocosa. Duspathalyn vio a Clarke y le dijo —Oye tú, novato. No te quedes atrás y sigue al resto — lo dijo mientras se dirigía con otros enanos que mandaban en los trabajos de las minas y a los grupos de mineros.

La formación rocosa era árida y amplia, todo parecía lleno de rocas y arenas sin nada de cristales en la entrada, hasta que te adentrabas en las cavernas más profundas y ahí empezabas a oír más seguido y fuerte el golpeteo constante del hierro de las herramientas golpeando las rocas en buscas del preciado cristal.

Clarke observo la cueva y aunque nunca había trabajado como minero, sabía que el objetivo era conseguir una beta del mineral y extraerlo para de ahí sacar el cristal. Sin embargo, observando a todos los demás trabajadores, se percató que conseguir dicho cristal no era nada fácil.

Los mineros constantemente demolían varias toneladas de roca hasta siquiera conseguir algún cristal. Si conseguían alguno, generalmente empezaban a pelearse por él, en especial, si era de color azul, que era el cristal que más se utilizaba para refrescarse y bajar las temperaturas de quien lo rompiera, algo que podía salvar la vida de alguien, aunque fuese solo por un rato si estaba expuesto al calor de los soles.

Clarke estaba anonadado, para el ritmo que las personas los utilizan, creía que ese cristal era mucho más común y fácil de adquirir. La verdad es que llevaba mucho esfuerzo y solo podía preguntarse en su cabeza, ¿hasta cuándo esto sería sustentable?

—Oye novato, no te quedes hay parado y empieza a picar la piedra — dijo uno de los mineros que trabajaban en el equipo de Clarke.

Clarke empezó a palear y golpear las rocas con la esperanza de encontrar cristales y realizar un buen trabajo. Su orgullo no le permitiría hacerlo mal, aunque no estuviese debidamente capacitado.

Golpeo las rocas con fuerza, cargo y movió pesadas piedras y sudo como llevaba tiempo sin sudar mientras trabajaba. Sus manos empezaron a tener callos y sintió como sus músculos ardían por el esfuerzo. Aquí no había ningún departamento de recursos humanos o alguna consideración por el minero. Sin saberlo, se había ofrecido de voluntario a lo que él consideraba un trabajo de esclavos.

Para no hacer las cosas más fáciles, Duspathalyn constantemente pasaba regañando y gritando a los mineros mientras tomaba un buen garrafón de cerveza —¡Vamos inútiles! no he visto suficientes cristales, de aquí no se va nadie hasta que yo vea resultados — Decía con autoridad y medio borracho.

Clarke notaba como los mineros respetaban la autoridad de Duspathalyn cuando estaba presente pero cuando se daba la espalda, veía como le odiaban y le aborrecían con gestos y palabras. Cada vez que se escuchaban las fuertes pisadas de las botas de Duspathalyn todos murmuraban sobre él con molestia.

Clarke no pudo evitar tener flash backs (recuerdos intrusivos), sobre su tiempo como manager y como Duspathalyn era un reflejo parecido (aunque un poco extremo) de sus propias actitudes como manager, se estaba dando cuenta como en vez de ayudar al equipo los hacía sentir peor y que el trabajo fuese más difícil. Como su sola presencia y esa actitud tiránica, en vez de motivar, tumbaba los ánimos al subsuelo.

Clarke se repitió a si mismo que ya no sería más esa persona y que tampoco debía soportar esos tratos, así que si lo que necesitaba para salir de esta cueva era conseguir un cristal, lo iba hacer para no volver nunca más.

Clarke golpe las rocas con mucha energía, golpeo y golpeo impulsado por la propia rabia así mismo de haber llegado a convertirse en un tirano y no en el líder con el que soñaba ser. Golpeo y sintiendo como cada golpe moldeaba algo dentro de sí mismo para dejar de ser esa figura que tantos detestaban y que ahora el reconocía. Golpeo levantando escombros y sorprendiendo a sus compañeros que le veían como si hubiese entrado en un trance. Golpeo y golpeo por varias horas, con una cosa en mente, salir de aquí para nunca volver. Su orgullo le impulsaba a no rendirse y a ser mejor de lo que fue antes de entrar a estas minas. Siguió golpeando a pesar del cansancio y cuando estaba a punto de parar se convencía un poco más diciéndose "Solo unos golpes más Clarke, no te rindas". Uso esa técnica varias veces hasta que, en un destello de uno de los golpes de su pico, se asomó entre las rocas un gran cristal azul.

Tal fue la emoción de Clarke que grito sin pensar —¡Aquí!, ¡aquí he encontrado un cristal azul! — lo grito con ánimos y como reacción involuntaria a la grata sorpresa de haber encontrado un gran cristal cuando ya sentía que no podía más.

En ese momento, los compañeros de Clarke lo vieron con asombro, pero al mismo tiempo con preocupación, ya que también los mineros de otros grupos lo habían escuchado y parecía que se iban a abalanzar sobre él.

Clarke noto su descuido y observo a todos los mineros alrededor de él que no trabajaban para Duspathalyn y que querían ese cristal para ellos.

Ellos también tenían minando todo el día o incluso más y buscaban su boleto de salida.

El tiempo se movió como en cámara lenta y Clarke podía ver como en cuestión de segundos todo un caos se formaba, todos los mineros en su zona levantaban picos, martillos y palas para enfrentarse a muerte por el codiciado cristal. Clarke con su pico en mano sabía que tenía que protegerse, pero no era un guerrero y su última pelea fue cuando de niño estudiaba en el colegio muchas décadas atrás.

Sus compañeros saltaron al rescate y golpes iban y venían de ambos lados, un sujeto logro llegar donde Clarke y lanzarle un golpe con un martillo que por suerte logro esquivar tirándose de un lado al piso. Clarke se arrastró mientras intentaba moverse lejos del área y ponerse de pie. En ese instante otro golpe de martillo se dirigía a su cabeza, pero logro desviarlo con el pico que tenía poniéndolo de frente a él. Sin embargo, este se rompió por el impacto.

Ahí se encontraba Clarke, en el piso, sin arma y mirando desde abajo, a un elfo oscuro que le sonreía y con cara de perversión, levantaba el martillo para darle un golpe final. —El cristal será mío tonto humano, gracias por conseguirlo por mí, ¡ahora toma tu premio!

Clarke cerro sus ojos y espero el golpe final en cualquier instante seguido de ese momento. Sin embargo, al abrir sus ojos no vio a ningún elfo oscuro. A su lado estaba Duspathalyn que con un fuerte martillazo lo había mandado a volar a otro extremo de la cueva.

Al instante, llegaron otros enanos y todos controlaron la situación asegurándose que todos los mineros regresaran a sus puestos.

—Clarke, creo que te falta cerebro. Liaste una muy buena al gritar en alto ese hallazgo tuyo, pero he de reconocer que llevaba mucho tiempo sin ver un cristal azul de ese tamaño. Estoy seguro de que de ese cristal podremos sacar un montón de fragmentos. Sácalo y podrás irte de esta cueva. Eso te valdrá para un mes sin trabajo. — dijo Duspathalyn con voz serena mientras le entregaba otro pico a Clarke.

Clarke golpeo la roca y extrajo el enorme cristal, para su sorpresa, detrás de ese había otro de menor tamaño, lo extrajo con cuidado y se lo guardo en sus bolsillos. Clarke tenía una gran curiosidad por entender de los cristales y no iba a desaprovechar la oportunidad, aunque sabía que nadie debía retirar los cristales sin entregárselos a Duspathalyn, así que lo guardo en secreto y con mucho cuidado.

Clarke soltó sus herramientas y se dirigió a Duspathalyn quien le recibió el enorme cristal y le felicito — en hora buena Clarke, resultaste no ser tan inútil como la mayoría, te ganaste un brindis conmigo mientras se prepara el primer kura para volver a la aldea — Duspathalyn termino de decir esto mientras entregaba una cerveza a Clarke, le daba unas palmadas en la espalda y se tomaba todo el garrafón de cerveza de su mano por completo.

—Ahh.. a volver a trabajar con los otros inútiles, en fin, la dura vida de un Enano — Dijo Duspathalyn mientras se despedía de Clarke y caminaba de regreso a lo más profundo de la cueva. Clarke disimuladamente boto la cerveza caliente que le había dado Duspathalyn y pensó en que loco alguien que pueda tomar eso frente a tan abrazador calor.

El próximo Urka que salía a la aldea de Zira se encontraba listo luego de esperar por una hora. Clarke se montó sobre el con un grupo de mineros en camino de regreso. Clarke observaba el horizonte con un atardecer de dos prismas de colores entremezclándose en el centro de los dos soles sobre el cielo de Zal, hoy casi moría, otra vez. Había aprendido muchas cosas extrañas sobre este mundo y estaba seguro de una cosa en particular. Haría lo que fuera para no volver a poner otro pie en aquellas minas.

Capítulo 7: Has Algo Útil

El kura daba sus pasos finales para llegar a la aldea de Zira. Todos los tripulantes bajaron de el con sus debidas pertenencias mientras otro grupo de personas le daban los cuidados al animal.

Clarke se bajó un poco adolorido por todo el esfuerzo físico que realizo allá en las minas, tenía un ansia enorme por hablar con Marcela y dar por saldada su deuda, aclarando que no volvería a tocar las minas ni un día más.

Cuando llego a la casa donde vivía Marcela se percató que no estaba ni ella ni su hija Saraí. Sin embargo, encontró a un enano de barba blanca que estaba surtiendo de cristales el almacén. Este enano al ver a Clarke le dijo — si estas buscando a Marcela, salió hace rato. Debe estar por llegar. Veo que por como luces, acabas de llegar de las minas, ¿cierto?

—Si, acabo de llegar con un grupo de mineros que corrimos con la suerte de encontrar cristales — dijo Clarke mientras se refrescaba un poco dentro de la casa que poseía el efecto de cristal mágico que aún se mantenía activo.

—Es verdad, eres muy afortunado si solo estuviste por un día en las minas. Antes no era así pero ahora parece que cada vez hay menos cristales, los mineros pueden pasar semanas buscando alguno y la verdad es que cada vez la gente de este pueblo y otros rincones del desierto más los necesitan.

—Tienes razón, he notado que el calor aquí es insoportable y que los cristales ayudan, pero el hecho de que al tiempo su efecto pase y el cristal no sirva más es como un desperdicio, además, creo que el cristal consume parte de la vitalidad de lo que le rodea al liberar su gas mágico.

El enano levanto la ceja y dejo lo que hacía para referirse a Clarke —Que curioso, muy pocas personas le prestan atención a ese detalle, normalmente están tan centrados en usarlos y reducir el calor sofocante que pasan eso por alto o algunos hasta lo ignoran. Pero tú no, ¿Como te llamas?

—Me llamo Clarke, mucho gusto. ¿Y tú como te llamas?

—Mucho gusto, yo me llamo Halsin, soy uno de los más antiguo surtidores de cristales mágicos de esta aldea. Tienen muy buena gente, pero no ven más allá de la esfera — dijo Halsin mientras volteaba a recoger su caja de cristales —. Me gustaría seguir conversando contigo, pero la gente no espera por sus cristales. Estaremos en contacto, aquí te dejo un emblema, soy malo con las caras y los nombres, pero si me lo muestras, me acordare de ti y de lo que hablamos. Nos vemos luego— le entrego un emblema metálico y pequeño a Clarke en forma de pico y se marchó de la tienda.

Clarke sintió curiosidad por lo que podía saber Halsin sobre los cristales, tenía la impresión de que eran un problema más que una bendición, sin embargo, sabía que, en este mundo, vivir sin su uso y exponerse a tal calor sería imposible para la vida como la conocían estas personas. Quizás algo tenían que ver con lo que el Dr. Lee se refería. Pero Clarke aun no tenía nada claro.

Pasado un rato, Clarke seguía esperando en la recepción de la casa de Marcela cuando llego Rex junto a ella y Saraí. Clarke se les acerco y les saludo. Marcela le recibió con un abrazo y le dijo — Duspathalyn me mandó una carta dejándome saber lo que conseguiste en la cueva, sin dudas eso será de gran ayuda para la aldea. Buen trabajo.

—Ehh gracias, supongo. Jamás me dijiste que mi vida correría riesgo al trabajar ahí o que no saldría de las minas sin conseguir algún cristal. Eso hubiese sido bueno en saber — dijo Clarke mostrando un toque de molestia.

—¿Y qué esperabas? ¿Trabajar en algo más fácil como bañar a los kuras y ya? Clarke, sé que eres nuevo. Pero aquí en la aldea de Zira, todos aportan algo que se considere de igual valor para la comunidad, algunos van a las minas, otros trabajan de guardias, pero esos son hábiles guerreros (haciendo referencia a que solo por el aspecto, sabía que Clarke no sabía pelear), otros cuidan a los kuras que usualmente son ansíanos y pues así cada uno aporta algo. Creí que las minas te servirían para pagar por tu alojamiento, comida y estadía. La verdad es que hiciste un buen trabajo — dijo Marcela con sinceridad. —. No tienes que volver ahí si no quieres, pero tienes que hallar algo que la comunidad acepte como de igual valor o perderás el derecho de estar aquí— lo dijo de forma más seria.

Clarke se sorprendió por como las cosas funcionan en la aldea y sobre cuales podrían ser sus opciones, luego dijo. —está bien Marcela, igual Duspathalyn me dijo que mi hallazgo equivaldría a un mes de trabajo, supongo que hasta entonces tengo tiempo para averiguar qué debo hacer.

Marcela asintió con aprobación, mientras preparaba la comida para que todos cenaran ya que empezaba a caer la noche. Clarke los acompaños y con el caer de la noche, luego de la cena; se dirigió nuevamente a la choza de almacén donde dormía junto a Rex.

Acostado en la alfombra y mirando al techo, Clarke pregunto en voz alta —Oye Rex, si todos colaboramos en la aldea, ¿cuál es tu trabajo?

Rex agito la cola y dijo —Me alegra saber que preguntaras Clarke, yo recorro las dunas del desierto de Zal asegurando el perímetro y muchas veces topándome con viajeros, deambulantes y extraños como tú, para guiarles a la aldea y encontrar nuevas personas que ayuden.

—Y ¿qué tan común es que encuentres personas como yo?

—Mmmmm... pues, la verdad. Así como tú, eres la primera. Las afueras de Zira tienden a ser muy despobladas de criaturas amistosas. Así que normalmente paso los días solo con el desierto hasta que te vi.

Clarke dudando sobre la relevancia del trabajo de Rex le pregunto —¿Cuántos individuos trabajan como buscadores, así como tú?

—Mmmm... no lo había pensado, pero creo que yo solo. Pues hay otros Sharq como yo, pero ellos hacen otras búsquedas más específicas para Marcela — dijo Rex con una sonrisa inocente.

Clarke se percató que no era una opción de trabajo que él pudiera hacer, posiblemente ese era solo un trabajo inventado para mantener a Rex fuera de la aldea y evitar así escuchar su parloteo incansable.

Clarke se acomodó sobre la alfombra para dormir y le deseo buenas noches a Rex, quien le correspondió de la misma manera y se acomodó junto a él, iniciando a contar una historia de como Rex un día deambulando por el desierto veía espejismos y creía que de repente el cielo tenía tres soles.

Clarke ensimismado en sus pensamientos, con el cristal en la mano, lo examinaba con detalle y veía como a través de su azulado cristal, se encontraba ese mágico gas que se entre mezclaba con un líquido. Algo le llamaba la atención de ese cristal, pero no sabía detallar exactamente qué. Cerro los ojos y al rato se durmió.

Al día siguiente, con los primeros destellos de los dos soles, Clarke despertó y como de costumbre, Rex ya había iniciado su jornada de patrullar las afueras para buscar gente nueva. Clarke se levantó, lavo la cara y salió a caminar por la aldea.

Encontró una gran casa donde estaban sirviendo desayuno, y como costumbre en la aldea, si tu cuota de trabajo estaba cubierta, eras bienvenido para recibir tu porción. Clarke tomo un plato y se sentó en una mesa que tenía visión de todo el lugar. Ahí vio como individuos, parejas y familias se reunían a comer. Todos en ese momento se mostraban muy cordiales.

Entre las varias cosas que observo. Noto como en una mesa, un niño pequeño empezaba a sudar mucho y la madre le entregó un pequeño fragmento de cristal azul para que lo rompiera. En ese momento Clarke miro con detalle y vio que el niño al romperlo desprendía el gas mágico del cristal y este se impregnaba en el dándole un alivio y bajando su temperatura, pero a la vez, sus manos que rompieron el cristal no solo perdían un poco su brillo, sino que dejaba una marca de quemadura, una quemadura por frio.

En ese momento, Clarke tuvo un Flash back; de cuando era un aprendiz de aire acondicionado y practicaba en colocar los manómetros en la máquina de aire acondicionado. En ese momento no tenía experiencia y cometió el error de estar muy nervioso y no apretar bien las mangueras, lo que ocasiono que un poco de gas refrigerante saliera y le diera en la mano dejándole una pequeña quemadura de frio.

Clarke volvió en sí, y se dio cuenta, hizo consiente ese extraño sentimiento de familiaridad que le daba ver los cristales azules. Le recordaban al gas refrigerante contenido en un envase y como a pesar de ser mágico y distinto, mantenía muchas similitudes. A Clarke le pareció curioso, pero aún tenía más preguntas. Necesitaba encontrar a Halsin que parecía saber más al respecto. Clarke termino de comer y se levantó de su mesa, decidió visitar a Marcela para preguntarle sobre el paradero de Halsin.

Una vez en la casa de Marcela, Clarke la encontró soldando unas tuberías y acercándose a ella le dijo —Hola Marcela, disculpa la molestia, ¿sabrías dónde puedo encontrar a Halsin?

—Hola Clarke, me gustaría decirte que sí, pero los enanos nunca están quietos y siempre andan en sus asuntos. Halsin se encarga de enviar a su gente para entrega cristales a toda esta aldea y a otras; e incluso a veces el mismo hace la entrega en persona. La verdad sería mejor que le esperes, aunque si me lo preguntas, pierdes tu tiempo buscando a un enano — dijo Marcela mientras paraba de soldar para responder.

—Oh, bueno, pero en tal caso que tengo el tiempo, ¿cuándo crees que sería la próxima vez que viene?

—Suele venir a la aldea cada 3 semanas más o menos, pero no tiene realmente un horario. ¿puedo saber para que lo estas buscando?

—Tengo preguntas sobre su trabajo, Gracias Marcela. Lo tendré en cuenta. Te dejo para que sigas con tus cosas - dijo Clarke, mientras se retiraba de la casa rápidamente.

Clarke no contaba con el tiempo para sentarse a esperar ya que tenía claro no volver a las minas, que, si le tocaba volver, capaz no tendría tanta suerte como para volver rápido o encontrarse con Halsin. Necesitaba quedarse en la aldea o encontrarlo. Además, aun pensaba en las palabras del Dr. Lee sobre rehacer su vida dando lo que no le dio a los demás en una ventana de un año. Tenía que buscar la manera de ayudar al pueblo y sentía que era algo relacionado con el extremo calor y los cristales.

Clarke salió frustrado de la casa, y camino por la aldea intentado encontrar una respuesta a su problema. Observo que, entre los trabajos disponibles, se encontraba el de cocinero, pero el menú de este mundo era muy distinto, el no solía cocinar ni cuando estaba en Florida; su hogar de origen, pues sus largas jornadas de trabajo casi siempre le dejaban sin energías y se mantenía de comida rápida o por un tiempo de lo que le hacia su esposa hasta que se divorció. Clarke nunca cocino propiamente y ahora en este desierto, con criaturas y comidas extrañas no era una opción.

Clarke también observo otros trabajos que ni valía la pena considerarlos, el mismo se auto evaluaba y sabía que no tenía las capacidades ni el tiempo para aprenderlas. El trabajo de guardia parecía muy peligroso, pues dentro de la aldea existía un orden aparente, pero por las noches y sus alrededores podría haber peligros como bandidos o criaturas con los que tendría que pelear a muerte y él no era un guerrero y notaba como muchas personas estaban acostumbradas a una vida hostil con su experiencia en las minas y con los gnomos de fuego, tras esos recuerdos él sabía que estaba vivo de suerte por haber podido salir en una pieza de esas situaciones.

Clarke se quedaba sin opciones, y el calor abrazador no dejaba pensar muy bien. Siguió dispuesto a caminar por la aldea en búsqueda de que cosa de utilidad podría trabajar y mirando al horizonte, en uno de los extremos de la aldea. Visualizo a lo lejos una sombra y detallándola mejor vio que era un Sharq con la nariz levantada. Era Rex y estaba olfateando algo. En ese momento Clarke hizo un clic y le llego una gran idea a la mente. ¿Y si Rex logra olfatear a Halsin? Seria perfecto para hallarle rápido. Solo tenía que preguntarle.

Clarke corrió hacia Rex, agitando sus manos con la intención de llamar su atención y que se acercara, gritaba —¡Ey Rex! ¡Rex ven aquí!

En ese momento Rex lo logro escuchar y de inmediato fue corriendo hacia él —Hola, Clarke, ¿paso algo?

—Si amigo, necesito un favor tuyo, ¿tú puedes seguir con tu olfato el olor de una persona especifica, aunque este lejos de la aldea?

—Si Clarke, esa es mi especialidad, pero ¿a quién estas buscando? ¿Quién se perdió?

—No sé a perdido nadie, pero necesito saber dónde está y hablar con esa persona.

—Bueno, necesito algo suyo para olfatear y de ahí partir con ese rastro hasta su posición.

Clarke sonrió y le tendió el pequeño emblema que Halsin le había dado en su conversación cuando lo conoció en casa de Marcela. —Espero que esto sirva.

—Claro que sí, esta perfecto Clarke puedo seguir el rastro, pero es casi atardecer y sería peligroso que nos cayera la noche en el desierto.

—¿Crees que podrías seguir el rastro mañana?

—¡Claro que sí! tan seguro como que me llamo Rex y tengo cuatro patas... o ¿son dos manos y dos pies? ¡Ahh! tú me entendiste.

Clarke sonrió, podía que Rex fuera un poco molesto con su exceso de parloteo e historias absurdas, pero no cabía duda de que era muy servicial y que en más de una ocasión le había ayudado. Nuevamente estaba dependiendo de él, y con su buen olfato existía la oportunidad de encontrar a Halsin.

Clarke se emocionó y se agacho para darle unas palmadas con cariño a Rex.

En ese momento Rex se quedó frio y dijo —¿Qué haces Clarke?

—Ehhh... estoy dándote unas palmadas como cariño, de donde vengo significa un gesto de aprecio que le dan las personas a los animales que aprecian. De verdad Rex muchas gracias por toda tu ayuda— dijo Clarke mientras se apartaba y se ponía de pie.

—Oh bueno, si eso es lo que significa, es bueno saberlo. Nunca nadie me había agradecido nada así que es un gusto ayudarte.

—Que curioso, a mi casi se me olvida como dar las gracias, Rex. Pero le prometí a alguien que recordaría como hacerlo y tu ayuda me ha servido para eso y mucho más. Así que gracias de nuevo.

Rex le sonrió de regreso a Clarke y ambos volvieron caminando a la aldea. Ambos nuevos amigos sentían un regocijo enorme por el gesto de sincera amistad y gratitud que había surgido. Rex sentía alegría por sentir que alguien le apreciaba cuando la mayor parte de su vida le habían hecho sentir como un estorbo y un gran rechazado. Clarke sentía paz, porque estaba aprendiendo a valorar más a los demás y dejar en el pasado al antiguo y orgulloso Clarke que no necesitaba nada ni a nadie. Aunque aún le pellizcaba al orgullo que esto estuviese aprendiéndolo con un perro y no con una persona. Pero por algún lado tenía que empezar.

Capítulo 8: La Búsqueda Arriesgada

Esa mañana, Clarke se levantó temprano con Rex que siempre salía con el primer destello de luz del primer sol en asomarse sobre el cielo de Zal. Clarke equipo sus vestimentas para el desierto que le ayudaban un poco a soportar el calor extremo, unas gafas para la arena que levantaban los vientos en las dunas y una buena cantimplora con agua. Sin embargo, esperaba que el viaje no fuese tan largo.

Salieron de la aldea de Zira a pie, ya que no podían ocupar uno de los kura en su viaje por encontrar a Halsin. La aldea solo usaba sus Kura para cosas consideradas importantes para la aldea. Rex lideraba el paso y la caminata mientras olfateaba el emblema de Halsin.

—Oye Rex, ¿crees poder seguir este rastro sin confundirte? — pregunto Clarke

—Claro que sí, el olor de los enanos suele ser muy característico. Siempre están tomando cerveza y sus cosas se impregnan de ese aroma.

—Y ¿no estarás confundiéndote y olfateando a cualquiera que este tomando esa cerveza?

—Clarke, tú eres nuevo de por aquí. Es muy raro que tomes cerveza si no eres un enano. La mayoría de las razas en Zal luchan contra la deshidratación y tomamos mucha agua, los enanos no sufren de ese problema. Así que tranquilo.

Clarke se admiró por lo mucho que Rex conocía del desierto, su aldea y sus culturas. Le parecía muy sabio como compañero y grata compañía. Sentimiento que duro hasta que Rex empezó a contar un nuevo cuento sobre como una vez se pasó semanas enteras siguiendo un rastro que iba en círculos, hasta que se dio cuenta de que seguía su propio rastro.

Pasadas las horas de intensa caminata, Clarke iba consumiendo el agua de su cantimplora, ya, por culpa del inmenso calor, su agua tenía la temperatura de un buen café caliente, pero con el sabor del agua cuando se entremezcla con la arena.

—¿Cuánto falta Rex? — preguntaba Clarke con un poco de agotamiento.

—No lo sé Clarke, el olor normalmente se intensifica cuando estoy cerca del sujeto u objeto. Así, si no vemos a nadie en el horizonte, debe ser que aún nos falta mucho.

Mientras caminaban, Clarke metía la mano en su bolsillo donde sentía su cristal azul que guardaba con recelo. Tenía unas ganas inmensas de utilizarlo para refrescarse y bajar su temperatura ante inmenso calor, pero también sentía que no debía, este cristal podía servirle para luego.

Clarke volteaba al cielo y veía como esos dos brillantes soles, irradiaban con toda su intensidad sobre él, Rex y las arenas de las dunas. El sudor empapaba su ropa y el viento seco y árido del desierto se la secaba. Rex estaba mucho más acostumbrado a la vida con estas extremas temperaturas, pero necesitaba hidratarse de vez en cuando.

Ambos amigos continuaron su recorrido con sus fuerzas de voluntad que se tambaleaba con cada paso sin una meta visible. Sin embargo, en un momento se detuvieron cuando vieron algo que les llamó la atención.

Ese algo era una cueva, que tenía una formación de rocas que se levantaban sobre las arenas del desierto. Parecía que la cueva atravesaba parte del mar de dunas y que podía ser un alivio con sombra para evitar todo el calor de los rayos de los dos soles.

Clarke inmediatamente corrió dentro y Rex junto a él. Ahí Clarke intento tomar un sorbo de su cantimplora, pero está ya hacia vacía. Rex observo a Clarke que ya se encontraba en un punto crítico y necesitaba beber algo y le dijo —Clarke no te rindas aun, seguro en esta cueva hay agua que podemos encontrar, siento la humedad en el ambiente.

Clarke se motivó y también reconoció la humedad en el aire, le daba recuerdos sobre la humedad que sentía en los veranos en Florida. Así, ambos avanzaron por la cueva, guiados por su necesidad de encontrar agua. La cueva era oscura y húmeda, y estaba llena de estalactitas y estalagmitas. De vez en cuando, veían unos destellos de luz que provenían de unas piedras brillantes incrustadas en las paredes.

—Mira esas piedras. Parecen diamantes - dijo Clarke, admirando las piedras — Rex ¿Son otro tipo de cristales mágicos?

—Si Clarke, esos son los cristales eléctricos para los que Marcela suelda las tuberías y así surtan de su poder a toda la aldea. son bonitas. Pero también son peligrosas. ¿No ves que están electrificadas? Si las tocas, te darán una descarga — advirtió Rex, evitando las piedras.

—No seas exagerado, Rex. De paso están húmedas y seria perfecto poder sacar agua de ellas. No creo que sean tan peligrosas. Mira, yo voy a tocar una — dijo Clarke, estirando la mano hacia una piedra.

—¡No Clarke! ¡No lo hagas! Es una locura — gritó Rex, tratando de detener a Clarke.

Clarke recordó la última vez que no le hizo caso a Rex y como él nunca había mostrado decirle algo que no fuese sincero, así que decidió hacerle caso. —Está bien Rex, gracias por la información. Sigamos buscando de donde tomar agua con cuidado. Creo escuchar una corriente de agua más adelante.

—Sí, yo también la huelo — afirmaba Rex con ánimos.

Los dos amigos continuaron sus pasos por la cueva, evitando cualquier contacto con los cristales y acercándose cada vez más a la corriente de agua. Su sonido se hacía cada vez más intenso, pero no había rastro visual de ella.

Con cada paso adelante y más profundo en la cueva, el sonido se hacía cada vez más fuerte, lo que les indicaba que se acercaban a su origen. Pero también se hacía más ruidoso, lo que les indicaba que había algo más que agua.

—Rex, ¿qué es ese ruido? — preguntó Clarke, preocupado.

—No lo sé, Clarke. Parece el sonido de una cascada. O de una catarata. O de una... —Dijo Rex, interrumpiéndose al ver lo que había delante de ellos.

—¡De una avalancha de agua! — exclamó Clarke aterrorizado.

Clarke y Rex se encontraron frente a una enorme masa de agua que salía de un extremo de la cueva, formando un río que corría por el suelo. El agua era cristalina y reflejaba la luz de las piedras. Pero también era violenta y arrastraba todo lo que encontraba a su paso.

—¡Ahí viene! — dijo Rex, horrorizado.

—¡Rex Sujétate de mí! — dijo Clarke, mientras se subía a unas rocas que tenía cerca.

Clarke y Rex sin poder escapar ante inesperado torrente de agua, se sujetaron lo mejor posible y con todas sus fuerzas a una columna de roca que estaba en un extremo de las paredes de la caverna. El agua fue velozmente aproximándose con un gran torrente como si una llave de agua se hubiese abierto bajo mucha presión y en cuestión de segundos impacto contra los dos amigos.

—¡Aaaah! — gritaron Clarke y Rex, al sentir que el agua les empujaba y les llevaba consigo.

Clarke y Rex fueron arrastrados por el agua, sin poder resistirse. El agua les sumergió y le sacó a la superficie. El agua les golpeó y les sacudió con fuerza. Les hizo sentir frío y una sensación electrizante. Les llevo de un extremo a otro dentro de la caverna.

—¡Clarke, estoy mojado! — grito Rex. Siendo obvio.

—¡Rex, no te separes de mi amigo! — dijo Clarke, alzando su cabeza sobre el agua para no perderlo de vista.

—¡Clarke, estoy asustado! — dijo Rex, sincero.

—¡Rex, toma mi mano! — grito Clarke, estirando su mano hacia Rex.

Los dos continuaban siendo arrastrados por el agua, sin poder controlar su destino. Clarke hacia un enorme esfuerzo para evitar las rocas mientras era arrastrado y ayudar a su amigo que tenía grandes dificultades para no mantenerse sumergido.

En uno de esos bruscos movimientos del agua, Clarke noto como Rex fue impulsado hacia una roca y golpeo su cabeza, dejándolo al parecer inconsciente pues ya no se movía y su cuerpo era dirigido como un muñeco de trapo por las aguas.

Clarke decidido a no dejar a su salvador y único amigo por perdido, uso toda la fuerza que la adrenalina puede darle en una situación de semejante estrés y nado con todas sus fuerzas a por él. Clarke le tomo entre sus brazos y con la suerte de tener un túnel dentro de la caverna que le llevaba a aguas más tranquilas, se metió dentro hasta que consiguió un espacio donde tomar aire. Ahí con su amigo entre los brazos, logro levantarse sobre una roca y tener medio cuerpo fuera del agua. Clarke conocía de primeros auxilios, pero en humanos, nunca en animales así que no sabía exactamente qué hacer con Rex que no reaccionaba.

—¡Vamos Rex, despierta! no me dejes solo en esto amigo... tienes que despertar. — Decía Clarke con desesperación, no podía aceptar perder a Rex de esta manera, mucho menos cuando fue su idea meterse en la cueva. Agitaba el cuerpo de Rex, pero este no se movía. Sus ojos estaban blancos y su hocico estaba flojo.

Clarke empezó a soltar unas lágrimas en contra de su voluntad, mientras se encontraba empapado y cargando el cuerpo de su amigo, solos en el interior de esa callada y oscura cueva. —¡No te me vayas Rex! por favor, amigo, no he tenido la oportunidad de llamar amigo a nadie en mucho tiempo, ni en este mundo o de dónde vengo. No me he dado la oportunidad de conocer y confiar en personas o animales, y en las pocas que lo hice una vez, no les dedique el tiempo que se merecían. No quiero volver a quedarme sin amigos Rex... por favor despierta — terminaba de llorar Clarke mientras abrazaba el cuerpo de Rex.

De repente, cuando estaba en medio de ese gran abrazo, Clarke escucho —¡Caugh! ¡Caugh! Clarke, que bonito, nadie nunca me había dicho palabras tan encantadoras. Deberías decirlo más seguido ¿sabes? — Dijo Rex despertándose.

—¡Rex! Estas vivo, creí que habías muerto — dijo Clarke con alegría.

—Disculpa Clarke, se me olvido decirte que suelo por instinto ante un golpe o inmenso peligro entrar en un estado de hacerme el muerto involuntariamente. Pero estoy bien. ¿Y que tienes? ¿estabas llorando?

—No, no, claro que no... es toda el agua que me salpico en la cara — decía Clarke mientras disimulaba y se quitaba las lágrimas de los ojos.

—Bueno, estuvo muy bonito este momento Clarke, y aprecio saber que alguien se preocupa por mí. Eso en el pueblo nunca lo sentí. Pero... detesto estar mojado y el hecho de que me estes cargando lo hace más incómodo. Necesitamos salir de aquí.

—Cierto, pero toda la caverna está llena de agua, la verdad conseguí este espacio de aire de suerte, Rex. No sé exactamente dónde estamos.

—Es curioso, había escuchado de las corrientes de agua que existen debajo del desierto de Zal, pero nunca había estado en una. Yo tampoco sé a dónde ir.

Los dos amigos ante la incertidumbre decidieron esperar a ver si el agua volvía a bajar. Parecía que la corriente se había detenido y por la inmensidad de la caverna y de estar en un desierto, debería drenarse entre la arena o evaporarse rápidamente por los dos soles.

Pasaron un par de horas y Clarke y Rex andaban con mucho frio, la oscuridad de la caverna y el agua estancada empando su cuerpo había disminuido su temperatura. No había señal de que el agua bajara y más bien empezaba a subir.

—Rex, tenemos un problema amigo.

—Oh no Clarke, el agua está subiendo — dijo Rex muy asustado

—Lo sé, no nos va a quedar otra que nadar por el túnel de regreso por la caverna y hallar una salida — dijo Clarke sabiendo que estaban entre la espada y la pared. No quedaba de otra.

Ambos se pusieron de acuerdo y tomaron una última gran bocanada de aire hasta que la caverna donde estaban quedo completamente cubierta de Agua. Clarke empezó a nadar y detrás de él se encontraba Rex, que no era muy hábil nadador.

Ambos salieron del túnel sumergido siguiendo las luces provenientes de los cristales que iluminaban la caverna por completo. Clarke noto la dificultad de Rex al nadar y le hizo seña para que se agarrara de él. Así ambos pataleando avanzaban por la cueva buscando algún indicio de espacio para respirar o salida.

Ninguno de los dos estaba dispuesto a rendirse y estaban realizando su mayor esfuerzo físico y mental para no desistir. Clarke jamás pensó que de haber estado tan sediento y deseoso de conseguir agua cuando estaba en el desierto, a repudiarla y temerle tanto como ahora. Sintió con cada brazada como las ganas de respirar aumentaban de tal manera que le ardía la garganta. Así, noto como en un momento su amigo Rex dejo de patalear y con una mano lo decidió agarrarlo mientras seguía nadando.

De repente, una luz de esperanza surgió del techo de la cueva, era un orificio que se desmoronaba y daba paso a un espacio para poder salir del agua. Clarke se emocionó, y con el poco aire que le quedaba nado con toda su velocidad hasta ahí. Pero rápidamente sintió como cada pataleada y brazada se hacía más difícil, como su cuerpo se hacía más pesado y como en vez de avanzar parecía estar hundiéndose. Clarke vio su visión oscurecerse y cuando extendía su mano para salir del agua perdió su conciencia. Ya su cuerpo no podía más…

Capítulo 9: Una Idea Milagrosa.

—Debe de ser un loco perdido y su sharq — dijo una voz grave y masculina.

—Por eso siempre digo, "Nunca vayas a una cueva sin un enano" — decía una segunda voz masculina áspera.

—Pero ¿están vivos? — pregunto la voz 1.

—Parece que los dos empiezan a respirar, ahí acaban de vomitar toda el agua que tragaron — aclaro la voz 2.

Clarke abría sus ojos en ese momento con una visión borrosa. Despertaba desorientado mientras no lograba contener una toz húmeda con la cual excretaba chorros de agua.

—Bienvenidos al mundo de los vivos nuevamente bien afortunados — decía la voz 1.

—Ya, ya... deja que se recompongan primero — dijo la voz 2.

Clarke empezaba a ver mejor y centro su mirada en Rex que se encontraba tosiendo toda el agua que había tragado. Levanto la mirada luego, y observo a dos enanos barbudos que al parecer le habían rescatado.

—¿Ya puedes escucharnos? ¿Nos entiendes? —dijo el Enano 1.

Clarke asintió con la cabeza de forma afirmativa mientras recuperaba el habla.

—Perfecto, estas de suerte, amigo, mi hermano y yo estábamos cavando en las minas cuando los vimos por este agujero que recién abríamos en el suelo. Y les encontramos. ¿Qué hacen dos seres no enanos vagando solos en las minas? —dijo el enano 1.

—Nosotros estábamos... ¡Caugh! Caugh... buscando a un enano llamado Halsin — decía Clarke mientras aun tosía.

El enano 2 levanto una ceja con gesto de interés —¿Que hace un humano y un Sharq buscando a Halsin a través del desierto?

—Tengo preguntas, nada más — respondía Clarke más recompuesto —. Él me entrego este emblema con el que esperaba encontrarlo —Clarke saco de su bolsillo el emblema que aún conservaba de Halsin y lo mostro.

—Ese emblema es de Halsin en efecto, que curioso. ¿Como te llamas humano? — dijo el enano 2.

—Me llamo Clarke, ¿y tú?

—Me llamo Helmir y mi hermano Björn, estas de mucha suerte, Halsin es buen amigo nuestro y sabemos dónde está. Si lo que quieres conversar con él es tan importante, no tendremos problema en llevarte con él ya que está en una parada próxima. Además, cuando les salvamos vimos que tenías algo de nuestro interés en tus bolsillos.

Clarke se dio cuenta que le hacía falta algo. Se reviso los bolsillos y reconoció que le habían quitado el cristal azul que tenía guardado. — Agradezco su ayuda, pero pudiste habérmelo pedido. – dijo Clarke un poco molesto.

—Sabes que ningún cristal sale de las minas a menos que no sea por las manos de un enano. Algo me dice que no lo conseguiste de manera legal. Así, hasta que no estemos con Halsin y él me demuestre que eres de fiar, este cristal será mío. — dijo Helmir.

Clarke se encogió de hombros y acepto los términos de Helmir. Al fin y al cabo, le habían salvado la vida a él y a Rex, además que los llevarían hacia Halsin.

El grupo, ya preparado. Inicio la marcha para salir de la cueva, donde los dos hermanos enanos sabían perfectamente por donde ir. Rex seguía el paso sacudiéndose el agua de las orejas y Clarke con inmensa duda si lo que sabría Halsin valdría la pena después de todo por lo que pasaron, no quería tener algo más por lo que arrepentirse.

Al paso de un rato, se encontraron afueras de la cueva, al parecer en otra zona por donde Clarke y Rex no habían entrado. Ahí, les esperaba un kura que les pertenecía a los dos hermanos enanos, en el cual subieron todos y se dirigieron hacia la ubicación de Halsin.

El viaje por las dunas arriba del kura ya no era tan pesado. Sin embargo, para Clarke era imposible no sentirse mal ante el calor sofocante del desierto de Zal. Rápidamente el aborrecimiento a toda esa agua que casi le ahogaba, se transformaba en una añoranza para la garganta de Clarke que hasta en un pensamiento descabellado, deseaba quizás, haber podido tomar un poco más de esa agua antes de haber salido.

Al paso de unas horas, el kura llego a una gran aldea. Esta aldea tenía una infraestructura más sólida que la aldea de Zira y casi se convertía en una pequeña ciudad. Sus casas eran de rocas bien echas, anchas y bajitas. Clarke se dio cuenta de que este lugar era muy distinto a la otra aldea. Aquí se dio cuenta que predominaban los enanos y una gran abundancia de cristales. En cada esquina se veía algún Guardia bien armado y se respiraba un aire de orden y autoridad.

—Hemos llegado, bienvenidos a la imponente aldea de Hardwind. Seguro sus ojos no habían visto nada igual — dijo Björn con una voz muy orgullosa.

—Aquí podrán encontrar a Halsin, solo sigan este camino hasta una casa de dos pisos con una cúpula de cristal — dijo Helmir mientras señalaba un camino dentro de la aldea.

Esta aldea era tan organizada, que todos sus caminos parecían estar distribuidos en cuadriculas perfectas entre cada edificio. Clarke se bajó del kura mientras seguía con la mirada las indicaciones de Helmir y le dijo — Gracias Helmir, me dirigiré para allá. ¿Vienes luego?

—Nah, tengo otros asuntos aquí en la aldea, pero estaré en contacto. Te vere pronto Clarke — dijo Helmir mientras empezaba a alejarse sobre el kura.

—Wow Clarke, no había visto una aldea así en mi vida, que orden — dijo Rex sorprendido.

—La verdad, es que si se diferencia gratamente de los otros paisajes del desierto — Dijo Clarke notando la diferencia entre los lugares que había conocido en el desierto de Zal, pero no sorprendido, pues nada de estas aldeas se comparaba con las estructuras de ciudades como Nueva York o el mismo centro de Orlando.

—Bueno Rex, ya que estamos aquí, vamos a buscar a Halsin — dijo Clarke mientras iniciaba a dar sus primeros pasos en la aldea.

Los dos amigos caminaban observando de lado a lado todo lo que veían. Había muchos cristales que ubicaban en las vitrinas de algunas casas, los guardias patrullaban sobre unas especies de dinosaurio parecido a un velociraptor, con piel de lagarto, pero con una cola que se cubría de bastante pelo, poseía cuatro patas muy fuertes, Clarke solo podía pensar en que parecía a una extraña mezcla entre un león y un dinosaurio, usado como caballo. Los revestían con relucientes y brillantes armaduras.

Rex noto la curiosidad por esas fascinantes bestias que el rostro de Clarke expresaba y le dijo – Esas criaturas son unos Zaripus, son de las criaturas más rápidas del desierto de Zal, una montura de prestigio y de poder para muchos.

Ambos continuaron caminando, notaron como aun expuestos a la intemperie, el aire no se sentía tan caliente, había muchos techos de tela que cubrían los espacios entre los edificios y que se ubicaban muy alto, dando un poco de alivio y sombras a quienes transitaban en la aldea. Pero también lo hacían los cristales azules que se usaban en todas partes del lugar. La Aldea se encontraba bastante llena de personas y casi por unanimidad de Enanos.

Clarke y Rex continuaron su camino hasta que se encontraron con la casa de Halsin. Esta casa era un poco más alta que las demás y tenía una extraña cúpula de cristal.

Clarke toco la puerta, pero no tuvo respuesta, la abrió y se asomó dentro de la casa. Entro primero que Rex y pudo observar cómo había cientos de cristales azules en cajas y muchos planos y dibujos sobre los dos soles, el espacio y las constelaciones. Ahí a dentro, se respiraba un aire de saber y conocimiento, había grandes estanterías y muchos libros. Clarke miraba maravillado, no era un lector habitual, pero apreciaba ver tal biblioteca personal en una casa.

El silencio se interrumpió, cuando Rex entro y empezó a llamar a Halsin en voz alta - Halsin, Halsin te estamos buscando, somos de la aldea de Zira.

Clarke le levanto la mano con gesto a Rex de que guardara silencio, y de forma más respetuosa dijo —¡Disculpe, sr. Halsin, le he estado buscando desde la Aldea de Zira! soy Clarke, usted me dio su emblema.

En eso, unas pesadas pisadas con el sonido de unas botas con hebillas bajaron y se aproximaron desde unas escaleras. Era Halsin que se dirigía hacia Clarke —Ya veo, eres el humano que se había percatado de la naturaleza de los cristales azules, Clarke si mal no recuerdo.

—Si, así mismo es. Tengo preguntas sobre los cristales. Su naturaleza y el cómo se utilizan, me llama la atención, pero creo que su uso también es en parte un problema — Dijo Clarke sin poder ocultar lo mucho que se interesaba por el tema.

Halsin se agarró de la barba y con gesto curioso dijo —Mmmm no están mal tus conjeturas y tu curiosidad, pero será mejor que hablemos de esto en el segundo piso. Puede que estemos solos, pero cuando el tema de los cristales sale, de repente todas las orejas hoyen. En estos temas siempre puede haber gente que se ofenda por lo que hablemos — Halsin se dio media vuelta e invito a Rex y a Clarke a subir por las escaleras.

En este segundo piso se encontraba una sección expuesta a una cúpula de cristal en donde se encontraba un gran telescopio. Era una gran sala de estudio y mantenía un sonido más hermético que lo distanciaba del sonido exterior. En esta sala se podían observar pizarras con escritos de lo que parecían fórmulas matemáticas en otro idioma y muchas impresiones sobre los cristales y las constelaciones.

Halsin se sentó sobre una silla, invito a Clarke y a Rex a hacer lo mismo y tomo una jarra de cerveza que había dejado en una mesa. De ella tomo un sorbo hasta vaciarla y cuando se dispuso a rellenarla con un barril que tenía cerca le ofreció a Rex y a Clarke —¿quieren una cerveza caliente?

—No, gracias. Con agua estamos bien —respondió Clarke sin comprender como alguien puede beber cerveza caliente con tanto calor afuera en el desierto.

—Ahh bueno, ¡más para mi! — respondió Halsin dándose otro trago. Luego continuo —La verdad Clarke, es que los cristales mágicos llevan muchos años siendo un alivio y una necesidad para los habitantes del gran desierto de Zal. Aunque algunas leyendas dicen que antes no fue así, pero estas han quedado casi en el olvido y hoy en día queda como imposible pensar una vida sin ellos. Algunos hasta se negarían. Por qué, como vez, los cristales se han vuelto un asunto de poder y riqueza, quien tenga los cristales tiene en su poder a muchas criaturas que se sofocan ante el calor y hacen lo que sea por refrescarse con ellos — Halsin procedió a tomar otro sorbo de cerveza mientras Clarke le miraba y escuchaba atentamente.

Halsin continuo —Lo que tu viste que ocurre con los cristales es verdad, cada vez que se rompen y su esencia se libera, parte de él queda en gas sobre la atmosfera y si mis cálculos no se equivocan, son los culpables de que la atmosfera caliente cada día un poco más. Hoy en día, ya no creo que haya mucha diferencia en que tanto más se pueda seguir calentando el desierto. La gente no puede vivir sin el cristal. Sin embargo, no es un recurso infinito y eso bien lo sabemos los enanos. Llegará un momento, del cual me temo, ya estamos cerca y la gente no tendrá suficientes cristales para cubrir la demanda. Se desatarán guerras y rebeliones por, aunque sea un cristal. Eso será un caos por el que puedes ver, los enanos están preparados para ganar. Pero, no todos queremos llegar a ese punto. No todos somos tan avariciosos o egoístas para querer que eso pase. Por eso quería hablar contigo Clarke.

Escuche que vienes de una zona donde no esta tan caliente y la gente vive sin cristales. Quiero saber dónde es o que es. Quizás sea la salvación que mucha gente necesita antes de que el tiempo del caos llegue. Dime Clarke — dejo de hablar Halsin mientras esperaba una respuesta.

Clarke estaba impresionado por todo lo que había detrás de los cristales y como por quizás el hecho de venir de afuera, había notado que algo turbio estaba sucediendo hasta la aclaración de Halsin. Clarke puso sus manos sobre sus rodillas mientras permanecía sentado y dijo —No sé cómo explicarlo Halsin, ni me tomes por loco. Pero no creo poder decirte exactamente de dónde vengo, la verdad no creo que sea este mismo mundo o universo. No sé ni exactamente como llegue aquí, ni como volver. Lo siento.

Halsin en ese momento tomaba de su jarra de cerveza, pero al escuchar las palabras de Clarke, de repente la bajo con un fuerte golpe sobre la mesa y dijo- Entonces, estamos jodidos. No estamos más que perdiendo el tiempo con algo inevitable.

—No, quizás se pueda hacer algo. Aunque suene loco — dijo de forma confiada Clarke.

—¿Que se te ocurre Clarke? A menos que sea una magia de otro mundo, creo que ya varios sujetos y yo hemos intentado hallar una solución sin mucho éxito — respondió Halsin sin mucha esperanza.

—No es magia, pero es algo que es muy común en mi mundo. He visto que la electricidad que usan sale de los cristales eléctricos y que estos nunca se necesitan de romper o gastar para su uso. Eso lo conozco yo como energía limpia que no daña al medio ambiente.

—Ok, pero ¿qué hacemos con eso? Ya utilizamos esa energía en todos lados y no presenta ninguna solución — decía Halsin no impresionado.

Continuo Clarke —Pues, con esa misma energía podría crear una máquina que trabajase utilizando los cristales azules como compuesto para enfriar una zona específica, en este caso, me refiero a los interiores de las casas y edificios. Prácticamente seria el mismo principio de conservación de energía. Utilizarlos sin romperlos.

—Es inútil, el cristal no transfiere su magia a menos de que se rompa y una vez el cristal se rompe, el líquido dentro del cristal se evapora y si lo intentas contener el embace se congela creando una gran pelota de hielo que al rato se derrite y pierde el efecto a menos que rompas el embace nuevamente y cada vez pierde más y más su efecto — dijo Halsin mostrándose desanimado.

Clarke prosiguió —Sí, eso lo imagine, pero, para eso, el compuesto del cristal seria introducido en un sistema hermético conectado a un compresor que desplazara el gas del cristal y le hará pasar de su estado gaseoso al líquido, y con ayuda de unos ventiladores generarían la transferencia del calor y frio. El mismo gas mágico pasaría a otro cambio de estado...

Interrumpió Halsin poniéndose de pie con emoción —No sé si entendí bien, me dices que ese cambio de estado permitiría al compuesto alcanzar distintas temperaturas y así transferir su energía para cambiar la temperatura de una zona próxima y enfriarla o de lo contrario calentarla, eso es brillante Clarke. Pero ¿cómo se puede hacer eso?

Clarke de forma confiada respondió —Eso, Halsin, se lo debemos a las leyes de la termodinámica que entre varias de ellas nos explican como la energía y la temperatura se comportan. Ayudándonos a entender por ejemplo que el calor se mueve del objeto más caliente al menos caliente. Es de este modo como con un compresor que presurice ese gas mágico y le permita pasar de gas a líquido y luego de líquido a gas, podremos tener en esos cambios de estado, una transferencia de temperatura.

—¿Me quieres decir, que se podría construir una máquina que de forma hermética cambie el estado del compuesto del cristal azul y lo permita transferir en calor o frio dependiendo del espacio donde el cambio se realice? — dijo Halsin muy sorprendido.

—Sí, en principio. Pero es una teoría. No sé si el compuesto del cristal sea como alguno de los refrigerantes que usamos en mi mundo y no soy un ingeniero. Yo reparaba las maquinas, no las construía, pero creo que esta sería una buena solución a la vida en las aldeas para huir a este calor y la dependencia de los cristales, que, aunque aún los necesitaríamos, no tendríamos que destruirlos, evitando así llegar a una escasez inminente y cercana — dijo Clarke.

—Si, si puede funcionar, Clarke. No sabía que existieran humanos tan inteligentes... eso que solo viven menos de un centenar de años — Halsin se rascaba la barba mientras caminaba por la habitación y continuo —Esto es muy grande, demasiado grande como para que todos lo sepan. Necesito que trabajemos en construir esta máquina. Te daré unos cristales azules para financiarte y que trabajes con ellos. Tendrás que construir la maquina en la aldea de Zira en secreto, porque aquí puede haber personas que no les agrade nuestra idea y un humano llamaría mucho la atención. Te estaré visitando y varios de mis colegas. ¡Construiremos esa máquina Clarke! — dijo Halsin agarrando su jarra de cerveza y dándole un abrazo a Clarke y una sacudida de cariño a Rex. —Hoy celebramos amigos, y mañana salen en un kura hacia Zira con el plan en manos. Hahaha los libros de historia actuales serán reescritos con nuestros nombres amigos. ¡Salud por eso! —Y Halsin procedió a tomarse toda su jarra de cerveza de un solo trago.

Rex empezó a saltar y mover su cola de la emoción y Clarke empezó a sentir una gran alegría, había conseguido materializar un plan para ayudar a la gente y de paso no volver a las minas. En ese momento, Clarke sintió un cálido recuerdo del doctor Lee y su mensaje sobre que para volver a tener una nueva oportunidad y volver; Clarke debía transformarse en mejor persona y aportar algo grande a los demás. Sentía que esta era la dirección correcta para volver a su mundo y hacer el bien. No sabía a qué retos se enfrentaría durante la construcción, pero estaba dispuesto a intentarlo y a contar con este nuevo equipo de personas y criaturas para lograr construirla antes de cumplir un año en ese desierto.

Capítulo 10: Manos a la Obra.

Luego de una noche emotiva de charlas filosóficas, físicas y matemáticas, Clarke y Rex se habían levantado temprano, después de haber pasado la noche en casa de Halsin y junto a él se preparaban para equipar y alistar un kura que los llevaría con el plan y parte de los materiales desde la aldea de enanos de Hardwind hasta su aldea más modesta y de comercio que era Zira.

—Muy bien muchachos, ya el kura está equipado con los cristales, varias herramientas y equipo para que empiecen a trabajar en la máquina. Yo los vere en unos días. No se desvíen y tengan mucho cuidado, pues con tal cargamento puede ser peligroso que paráis mucho en el desierto. Diríjanse con Marcela para que ella les ayude a guardar las cosas al llegar — dijo Halsin, con voz baja intentando no llamar la atención pues sabía que dentro de los espacios de Hardwind la ley y el orden se hacían presentes, pero afuera en el desierto sería un gran botín fácil de obtener para cualquiera que supiera que llevaban un humano y un Sharq que ni siquiera son guerreros.

—No te preocupes Halsin, nosotros iremos directo y sin desvíos. Muchas gracias por tu ayuda — dijo Clarke.

Ya con todo listo y Clarke y Rex montados sobre el kura, Rex grito —¡Chao Halsin! ¡nos vemos luego! — mientras movía sus patas para despedirse de Halsin. En eso Clarke con una sacudía de cuerdas sobre el kura, le daba la orden para empezar sus primeros pasos en marcha a las afueras de Hardwind.

Los dos amigos salieron de la ciudad enana con emoción y recorrieron el desierto desde muy tempranas horas, contando con todas las comodidades que se podían tener, ambos habían usado un fragmento de cristal que les tenía frescos, habían desayunado e hidratado bien, contaban con agua de sobra y también el kura al ser para ellos solos, tenían plena sombra bajo un techo de tela que se equipaba sobre estas inmensas monturas. La única incomodidad para este viaje y de la cual Clarke ya incluso empezaba a acostumbrarse era andar escuchando los interminables cuentos de Rex y sus juegos. Esta vez, para variar, retaba a Clarke con unas adivinanzas mientras se alejaban cada vez más de la ciudad.

—Oye Clarke, adivina que estoy viendo —decía con voz emocionada Rex.

—No estoy para juegos Rex, ando concentrado en que no nos desviemos — dijo Clarke de forma obstinada, pues sabía que eso no iba a impedir que Rex continuara con su juego.

—Yo veo... veo una cosa arenosa y de color arena.

—Una duna... — respondió Clarke muy claro.

—Ok, ok muy bien, ahí te va una más difícil. Yo veo... veo un grupo de pequeños granos de arena que se levantan en grandes cantidades.

—Otra duna... — respondió Clarke sabiendo que lo único que había en todo el paisaje eran dunas y más dunas.

—Wow Clarke, no es Justo, eres muy inteligente pero aquí te va otra... — dijo Rex, visualizando a lo lejos algo que se hacía más grande a medida que se acercaba desde el horizonte. —Esta no te la vas a saber, yo veo algo que... que corre rápido, tiene una espada curva y se ve furioso.

—Una duna... — respondió Clarke casi que, en piloto automático, pero un escalofrió le pego en la nuca cuando entro en razón y dijo — ¡Ya va! ¿qué dijiste?

—¡Oh no Clarke! no es una duna es algo mucho peor, parece que es un Vor'shak que viene hacia aquí — dijo Rex de forma alarmada.

—Un Vor... ¿que? — pregunto Clarke cuando volteaba a ver en el horizonte que era lo que Rex había visto y le tenía tan alarmado.

Clarke observo a una especie humanoide, un tipo de hombre lagarto que corría muy rápido por las arenas del desierto, tenía la piel cubierta de escamas, una cola con púas como las de una iguana, pero más grandes y daba la impresión de ser como un híbrido entre un hombre serpiente. Se encontraba dirigiéndose hacia ellos, tenía en una mano una cimitarra, además de unas terribles garras, una lengua bípeda y unos enormes colmillos de culebra, tenía unos ojos parecidos a los de un reptil que les recordaban a las lagartijas que se dan tan común en Florida; aunque esta criatura era mucho más grande y amenazante.

Inmediatamente, Clarke se puso alerta y sacudió las cuerdas del kura para que avanzara más rápido, pero la velocidad del animal de carga no se podía comparar con la impresionante velocidad del Vor'shak que cada segundo se aproximaba más y más.

Clarke tomo una espada que Halsin les había equipado por si acaso se daba una situación de peligro como esta, aunque él no era un guerrero y se moría del miedo, se rehusaba a rendirse sin más.

La llegada del Vor'shak era inminente y cuando ya estaba próximo al kura, dio un gran salto y se montó sobre él, con un sonido serpentín dejo escuchar un lenguaje reconocible —Shhhh ríndanse y su muerte será rápida. Este kura y todo su contenido ahora pasa a ser mío — Acto seguido lanzo un golpe con su cimitarra hacia Clarke que con suerte y por acto reflejo, bloqueo con su espada, pero del impacto, perdió el equilibrio y cayo del kura directo y de cara sobre las arenas de la duna.

Mientras tanto, Rex se lanzó a morder la mano con la que cogía la cimitarra el Vor'shak, pero este con un fuerte forcejeo y las garras de su otra mano, golpeo a Rex y lo tumbo del kura también. Seguido de esto, el Vor'shak emitió un rugido de batalla parecido al cual haría una bestia reptiliana como un dinosaurio, que llamo la atención de Clarke que se ponía de pie sobre la arena y la escupía de su boca.

El hombre lagarto se preparó para otro ataque, y muy confiado salto del kura hacia Clarke que por acto reflejo puso su espada para cubrirse torpemente mientras cerraba los ojos.

Por suerte, antes de que el Vor'shak asestara un golpe directo con su cimitarra sobre Clarke, Rex salto y embistió por un lado al hombre lagarto que cayo rodando sobre la arena. Rex no espero a que el Vor'shak se levantara y empezó a forcejear con el dándole fuerte mordiscos.

Los dos se revolcaban en las arenas, dando vuelta cuesta abajo por la duna. Rex mordía ferozmente al Vor'shak mientras este, intentaba quitarse de encima a Rex con fuertes sacudidas y golpes. Clarke volvía en sí, para apurarse y correr tras su amigo que necesitaba ayuda. Así, Clarke se deslizo por la duna cuesta abajo corriendo con toda su velocidad y con su espada. El Vor'shak estaba por soltarse, pero Rex insistía en volver a morderle con más fuerza para que se quedase quieto. Hasta que en un momento el Hombre lagarto, harto del forcejeo y de ver que los golpes de sus puños y garras no hacían desistir al perro/hiena. Uso las púas de su cola y barrio con un fuerte movimiento a Rex, que salió volando unos pocos metros a un lado sobre la arena.

En ese momento, Clarke que ya los había alcanzado y armado de valor por su amigo, apunto su espada y lanzo un gran golpe al Vor'shak que recibió parte del impacto sobre su hombro antes de que pudiera desviar un poco el resto del ataque con su cimitarra. Inmediatamente el humanoide lagarto devolvió devastadores ataques contra Clarke que no pudo cubrirse a la misma velocidad y termino recibiendo un corte en el brazo que le hizo soltar la espada y derramar sangre sobre la arena.

El Vor`shak aunque golpeado, tenía la ventaja, era una bestia que toda su vida era dedicada a la batalla y aunque era joven, ya con el ritmo de la batalla a su favor, se saboreaba el botín que obtendría de los dos amigos. Sin embargo, con su experiencia lejos de estar de la de un veterano, no le permitió ver la terquedad e ímpetu de Rex por proteger a su amigo, y de un gran jalón causado por la mordedura de Rex, se encontraba nuevamente en un fuerte forcejeo por liberar su brazo de la mordedura del Sharq.

Clarke que no estaba acostumbrado a tener una herida posiblemente mortal, se había distraído de la pelea viendo como la arena bajo sus pies se teñía del color rojo de su sangre, que provenía del corte profundo que la cimitarra había hecho en su brazo. Pero gracias a la adrenalina del momento, no pasaron más que unos cortos segundos para que reaccionara y recogiera su espada para ayudar a su amigo, que también herido, daba su último esfuerzo para vencer al formidable enemigo.

Rex mantenía su fuerte mordedura y sacudidas sobre el Vor`shak que golpeaba y pateaba con sus extremidades libres para tratar de liberarse, cuando parecía que lograba cansar a Rex y empezar a soltarse, Clarke no dudo en aprovechar los pocos segundos que tenia de ventaja y corriendo apunto su espada asestando desde la espalda del Vor'shak, una estocada que le atravesó de un lado al otro. Rex lo soltó en ese momento jadeando del cansancio y el dolor de sus heridas. Así como Clarke, que, debido a la impresión de asestar ese golpe mortal, se caía sentado a la arena mientras observaba a la criatura como terminaba de retorcerse por última vez antes de morir en aquella duna.

Había sido un acto de supervivencia y legítima defensa de parte de los dos amigos, pero aquella imagen era algo que les desagradaba y en especial a Clarke que nunca había estado en una situación igual. Pero sabía que, si no fuese por su suerte y trabajo en equipo, los que se hubiesen retorcido en la arena hubieran sido ellos. En ese momento Rex corrió hacia Clarke que aún estaba sentado sobre la arena intentando recomponerse emocionalmente del reciente suceso y le dijo con voz muy preocupada– ¡Clarke! ¡Clarke tu brazo está sangrando mucho!

Clarke volteo a ver su brazo y noto como la cortada parecía mucho peor de lo que sentía, aunque empezaba a notar que le dolía más y más, y como la sangre le pintaba todo el ante brazo, la mano y escurría entre sus dedos, Clarke no era ningún médico, pero cualquier persona que viese esa clase de hemorragia sabría que al ritmo que perdía sangre, Clarke podía desangrase en unos minutos.

—¿Clarke que hacemos? Estas muy grave, yo no sé curar y la curandera más próxima está en la aldea de Zira a casi 2 horas de aquí.

Clarke sabía que no llegaría de esa manera a la aldea con vida o en el mejor de los casos consciente. Sin embargo, recordó como en sus días de técnicos de CoolForever, un día tuvo la visita del departamento de bomberos quienes les dieron una clase de primeros auxilios de quemaduras y hemorragias. En ese momento el creía que esa mañana de entrenamiento era inútil, pues él no iba a estar pendiente de salvar a nadie, solo las máquinas de aire. Pero justo en este momento era el conocimiento que le salvaría la vida.

Ahí mismo, Clarke tomo un cinturón, lo amarro fuertemente en su brazo, cerca de su cuerpo, antes de la herida y lo aseguro, de una manera que creo un torniquete que parara la hemorragia y le diera tiempo para llegar con vida a la aldea. Rex vio impresionado mientras Clarke realizaba esta maniobra y poco a poco fue calmando su pánico. Sin embargo, él también estaba herido, no de manera grave, pero si con golpes y cortadas que le dolían bastante.

Clarke parcial y temporalmente estable se puso de pie y viendo a su amigo le pregunto —¿Rex amigo estas bien? Déjame ayudarte también —seguido de esto, le puso unos vendajes y ambos rápidamente se subieron sobre el kura que se encontraba a una duna de distancia donde les esperaba.

—¡Lo vencimos Rex! le dimos su merecido... —dijo Clarke con una voz temblorosa mientras notaba como su brazo herido empezaba a dormirse, y asentirse frio.

—Gracias por curarme Clarke, pero no hables ni te preocupes más, yo me encargo de aquí en adelante, por favor intenta no moverte mucho hasta que lleguemos a la aldea. Hare que este kura corra como el más rápido del desierto.

En ese momento Rex agito las cuerdas del kura con fuerza y este empezó a avanzar. —¡Vamos rápido kura! ¡muéstrame de que estas echo! –dijo Rex mostrando su desespero al animal de carga que en una extraña conexión de animal a animal parecía entender su desespero y apuraba (en lo que la biología le permita) sus pasos para moverse más rápido.

Clarke tirado sobre la alfombra que estaba en el área de transporte del kura, empezaba a sentir como la adrenalina dejaba de hacer efecto y sus heridas robaban su atención. Clarke no quería morir, ni perder el brazo, sabía que tenía alrededor de dos horas antes de que el daño fuese irreversible. Rogaba para que el kura avanzara mientras empezaba a desmayarse por la pérdida de sangre que ya había sufrido.

—¡Clarke quédate conmigo! no te duermas –decía Rex mientras sufría con ver a su amigo en ese estado y apoderado por la incertidumbre de si llegaría a tiempo a la aldea.

El largo viaje entre aldea a aldea se hizo extremadamente largo, Rex sintió como si el viaje hubiese tardado semanas y como si el kura no avanzaba mientras más le exigía ir rápido. Aunque sabía que el animal daba lo mejor de sí. Todo era un desespero hasta que, por fin, logro ver a la aldea de Zira. Apenas se aproximaron, Rex no aguanto más la espera y bajo del kura con Clarke quien llevo desmayado sobre su lomo y corrió hacia la casa de Marcela.

—¡Marcela por favor, necesito tu ayuda! — dijo de forma exaltada Rex mientras entraba en la casa.

Marcela vio a Clarke con el brazo y ropajes llenos de sangre y a Rex cubierto de vendas y exaltado. Inmediatamente supuso que necesitaban a un médico de emergencia. —Sígueme Rex, se quien los puede atender.

Rex la siguió rápidamente mientras ambos corrían a otra casa al extremo de la aldea. Al entrar a esa tienda una joven elfa con muchos tatuajes de soles en sus manos y en el rostro les recibió.

—¿Que ha ocurrido? Pobres criaturas — dijo la elfa mientras recibía a Clarke y disponía a un asistente humano a atender a Rex en la cama de al lado.

—Nos atacó un Vor`shak cuando veníamos para acá desde la aldea de Hardwind, por favor, Marcela, encárgate del kura que nos trajo, Halsin mando unas cosas — dijo Rex mientras era atendido y empezaba a desmayarse por el olor de la medicina y por qué ya su presión arterial empezaba a disminuirse, ahora todo estaba en mano de los curanderos.

Ambos amigos fueron intervenidos por las increíbles habilidades de la elfa, quien gracias a una habilidad muy poco común podía curar con un cristal blanco las heridas de los seres vivos. Una vez lo sujetaba en sus manos, irradiaba una luz que iluminaba la zona herida y poco a poco detenía las hemorragias, cerraba las heridas y recomponía las células de las diferentes capas de la piel. En el rostro de la elfa, se podía notar el esfuerzo físico y espiritual que requería de su parte.

Marcela no perdió el tiempo, y viendo que los dos amigos se encontraban siendo atendidos por los especialistas dentro de la aldea, fue a atender al kura que mando Halsin, ya que, sin saberlo exactamente, ya suponía que tenía materiales y objetos de valor que era mejor tratarlos con discreción.

Al pasar las horas, Clarke despertó acostado sobre la cama de la casa de sanación y observo como la elfa conversaba junto a Rex que se veía recompuesto y a Marcela, que tenía un rostro de intriga.

—¿Un Vor'shak los ataco? ¿Y de paso solo? Esas vestías son de lo peor. Menos mal sobrevivieron y lograron llegar hasta que Terissa los curara — dijo Marcela mostrando un rostro que expresaba como analizaba este terrible suceso.

—¡Clarke te despertaste! que bueno – dijo Rex muy emocionado.

—No te muevas mucho Clarke y por favor, Rex se suabe con él, se acaba de despertar de una intervención muy compleja – dijo Terissa contenta de verle recuperado.

Clarke se sentó sobre la cama y noto como ya no le dolía el brazo, no tenía ni cicatriz. Estaba muy sorprendido porque creía casi seguro que tendrían que habérselo amputado. Miro a Terissa con mucha alegría y le dijo —No sé cómo lo hiciste, pero muchas gracias.

—No hay de que Clarke, todo es gracias al dios de los cristales que me bendijo con esta habilidad especial para curar a las personas y criaturas necesitadas. – respondió Terissa mostrando su devoción.

—Clarke, ahora de que despertaste, tengo preguntas que hacerte, ¿crees que me puedas acompañar con Rex a mi casa? – dijo Marcela.

Clarke asintió, y sintiéndose bien y sin dolor, se puso de pie para caminar con Rex y ella fuera de la casa de Terissa y dirigiéndose a la tienda de Marcela. En ese recorrido Clarke le conto todo sobre el ataque y como con suerte habían sobrevivido. Marcela al terminar de escuchar la historia dio un fuerte silbido utilizando dos dedos en sus labios.

Al instante entro en la tienda un Sharq como Rex que le miro de forma despectiva y con aires de superioridad y dijo —Marcela, me has llamado, ¿que necesitas? — dijo el Sharq.

—Hola Max, ¿puedes detectar el olor de algún Vor'shak en Clarke? — pregunto Marcela mientras señalaba a Clarke.

—Déjame olfatearlo bien y te confirmo — dijo Max de una forma muy segura. Luego procedió a olfatear a Clarke. En ese momento, Clarke se sintió un poco incomodo. ¿Por qué lo estaban olfateando? ¿Es que acaso no le creían su historia?

Max dejo de olfatear a Clarke y con sus orejas bien levantadas apunto en una dirección y dijo —Lo huelo, está en esa dirección — lo dijo refiriéndose a sus orejas que se inclinaban levemente.

—Ya sabes que hacer Max — dijo Marcela y tras eso, Max salió corriendo de la casa.

Rex con un poco de indignación dijo —¿Porque no me preguntaste a mí? Yo también podía haber echo eso.

—No lo pongo en duda Rex, pero ya tu tuviste suficiente de pelearte con esas alimañas por un tiempo y Max es experto en esas situaciones de rastreo y combate — dijo Marcela con confianza.

Clarke no entendía que había pasado, y porque Marcela había mandado a uno de sus mejores rastreadores a seguir el rastro del Vor`Shak muerto y no pudo evitar que su cara expresara claramente su confusión, antes de que pudiese decir algo, Marcela hablo —Clarke, ese ataque del Vor'shak es raro, casi nunca andan solos y solo quiero cerciórame de que sus compañeros no estén cerca. Tuvieron mucha suerte de sobrevivir frente a una criatura así. Menos mal que de seguro se confió al verlos como presa fácil y se equivocó. Estoy muy sorprendida que sobrevivieras conociendo que no eres ni un aprendiz de guerrero.

—Si... Rex me salvo, no hubiese podido vencer al hombre lagarto sin él.

—Por cierto, Halsin se les adelanto y me mando un informativo a través un mensaje urgente con el uso de los cristales negros, me conto lo que pretenden hacer — Marcela le señalo a Clarke una caja pequeña donde se encontraba el pequeño cristal negro y continuo —Por si te interesa, es a través de estos cristales que podemos enviar mensajes cortos de inmediato y a distancia. Hablas hacia ellos y una vez cierras la caja, la otra parte la abre y recibe el mensaje. Poca gente tiene el sistema de comunicación de los cristales negros, puedo decir que, para mí, es una de las ventajas de estar a cargo de esta aldea.

Clarke se sorprendió por el distinto uso posible de esos cristales y al mismo tiempo por todo el relato de Marcela, que le dejaba claro que tendría que ser cauteloso con todas esas criaturas extrañas fuera de la aldea. Ya empezaba a perder la cuenta de cuantas veces había estado en peligro.

—Halsin me dijo lo que tienes pensado crear y creo que será fabuloso para la aldea, pero muchos otros puede que no lo vean bueno y quieran evitar que la construyas a toda costa Clarke. Tu vida puede correr peligro. Por favor mantén todas tus actividades en secreto y cuenta conmigo para lo que sea, ¿ok? – dijo Marcela, advirtiendo que haría lo posible para mantener la aldea en orden, pero los peligros de fuentes desconocidas eran difíciles de prevenir.

—Gracias por decírmelo Marcela, sin dudas tendré que aprender a ser más discreto y cauteloso. No te preocupes que esto no me va a detener. Mi vida ha estado muchas veces en peligro desde que llegue a Zal y casi todas estas veces sin siquiera saber si quería crear esta máquina. Si existe algún peligro, lo evitare, construiré la maquina y no podrán detenerme — dijo Clarke decidido a triunfar en su cometido.

—Muy valiente Clarke, cada vez me agradas más — sonrió Marcela — te daré una de nuestras casas más grandes para que lleves a cabo tu proyecto. Ya el kura que mando Halsin fue desmontado y llevado a esa carpa. Solo déjame saber en qué puedo ayudarte y buscare proporcionártelo. Esta demás decir que este trabajo se hará con secreto y solo un pequeño grupo de mi máxima confianza lo sabe.

Clarke se sintió alegre de recibir toda esta ayuda y trato. Al parecer todos creían fuertemente en él y la creación de este aire acondicionado mágico. Clarke sintió que no podía defraudarlos y que podía tener éxito en su cometido. Se despidió de Marcela y junto a Rex se retiraron para descansar y prepararse con nuevas energías a empezar la fabricación de tan ansiado invento.

Capítulo 11: Es un trabajo de Equipo.

Clarke y Rex se levantaron muy temprano esa mañana y con discreción y entusiasmo hacia la casa que le habían preparado para crear la máquina de aire acondicionado mágica. La casa era grande y espaciosa, contaba con varias herramientas, mesas de trabajo, buena iluminación y espacios abiertos para el probar la maquinaria. Ahí también tenía una caja cubierta con tela que se encontraba llena de cristales azules dispuestos para utilizarlos en las pruebas de la máquina.

Clarke observo todo esto y se motivó, aunque al mismo tiempo un sentimiento de incertidumbre le empezaba a invadir como un torrente que se desbordaba. Él, a pesar de haber trabajado toda su vida con aires acondicionados y conocer más de un tipo de sistema y como repararlos. Nunca había diseñado uno, había aspectos por los cuales nunca se había preocupado y ahora le tocaba prestarles atención.

—Estoy listo para ayudarte en lo que sea Clarke, dime que hago y empezamos a construir – dijo Rex con emoción, pero mostrando su ingenuidad creyendo que sería un trabajo de montar bloques en fila y tener aire mágico.

—Tranquilo Rex, déjame pensar primero por donde empezamos, si quieres, puedes ayudarme trayendo el desayuno – dijo Clarke buscando un espacio libre de preguntas de Rex para poder pensar.

Rex contento por ayudar, hiso caso al pedido de Clarke y salió de la casa a buscar el desayuno para los dos. Mientras tanto, Clarke daba vueltas en su cabeza. Se vio con la primera dificultad de su proyecto. No sabía ni por dónde empezar. Intento recordar los estudios sobre su carrera y recordó a W.H. Carrier y como en la tierra, específicamente en la costa Este de Estados Unidos de Norte América, había creado el aire acondicionado como bien él conocía. También recordó las leyes de la termodinámica que explicaban muchas cosas como que el frio no se crea, sino que es la ausencia de calor y que su máquina debía desplazar esas temperaturas para acondicionar espacios específicos. Recordó también el aspecto de las máquinas y como estas se clasificaban, e hiso memoria sobre el refrigerante. ¡Era eso! el tipo de refrigerante seria fundamental para diseñar sus partes. El esquema de operación podía ser el mismo, tuberías que se enfrían y calientan, ventiladores que ayudan a crear la transferencia de temperatura en el aire, ya Clarke sabía cosas cómo crear un motor, pero no sabría la resistencia de las presiones, ni que tan grande o pequeño necesitaría ser sin conocer primero el compuesto de los cristales y como comprimirlo, moverlo y utilizarlo.

Así, como marinero que recupera su rumbo, Clarke decidió empezar por estudiar el compuesto de los cristales. Entender sus presiones y las características de su estado gaseoso y líquido.

Sin embargo, con este paso adelante, dos nuevos pasos hacia atrás surgieron. Clarke tenía otro problema. Para poder estudiar las características del gas de los cristales, él necesitaría una compleja máquina para probar la presión y los estados gaseosos y líquidos del cristal, además de unas complejas fórmulas matemáticas. Clarke se dispuso a intentarlo y se dedicó a escribir bocetos, dibujo esquemas, pensó y echo cabeza de cómo resolver este problema, pero al parecer estaba estancado y muy lejos de algún progreso.

Clarke odiaba sentirse incapaz de resolver los problemas y con su frustración al paso de las horas termino rayando los escritos, borrando los dibujos y jalándose de los pelos mientras se echaba sobre el piso contemplando lo diminuto que se sentía ante tal reto en frente. Ni el desayuno que Rex había traído y que se había quedado frio sobre la mesa le mejoraban los ánimos. ¿Qué iba a hacer? No podía sencillamente rendirse y defraudar a todos, no podía con semejante humillación a su ego, a la vez. Por nada del mundo, quería volver al trabajo de las minas. Parecía que entre más pensaba, más se frustraba y sentía como si su cuerpo se hacía más pesado y hundía en la alfombra del piso donde se había acostado.

Rex se preocupaba por Clarke y constantemente arrojaba comentarios optimistas y positivos para mejorarle los ánimos, pero no lograba conseguir ningún efecto o el contrario al deseado, pues alguna vez parecía más bien molestarle. Así que salió un rato a dar una vuelta por la aldea.

Clarke al rato de encontrarse solo y tirado en el piso, tomo unas grandes bocanadas de aire y se puso de pie. Él pensó que quizás una vuelta por el abrazador calor de afuera le ayudaría a pensar distinto que en su encierro. Pero cuando estaba a punto de salir, se encontró a Terissa de sorpresa, que entraba en la casa con deseo de saludar.

—Hola Clarke, ¿vine en mal momento? – pregunto Terissa.

—Hola Terissa, nada que ver, solo quería dar una pequeña caminata para despejar la mente del proyecto.

—Si quieres te puedo acompañar, quería saber cómo estabas y si sufrías de algún efecto secundario. – dijo Terissa un poco apenada.

—Claro que me puedes acompañar, la verdad es que hasta ahora no me he sentido mal, a menos de que los efectos secundarios tengan que ver con la falta de idea — dijo Clarke buscando una excusa para su poco progreso.

—No, los efectos secundarios no tienen nada que ver con los estados mentales, serian relacionados a tu herida, si aun te dolía o si se había vuelto a abrir.

Clarke se levantó la manga del brazo donde había sido herido y en forma jocosa le dijo –No, aun nada de dolor ni tripas saliendo del brazo doctora.

Terissa asomo una sonrisa con una pequeña risa y dijo – Me alegra mucho ver que estas bien. Parece que no estas ni preocupado por eso.

—La verdad, Terissa, es que ni sabía que podía haber efectos secundarios, pero sí, he tenido en la mente problemas más importantes con la elaboración de la máquina. Sin embargo, sé que te lo dije antes y de igual formas te lo volveré a decir, muchas gracias Terissa. De verdad estoy en deuda contigo por salvarme la vida, el brazo y curar a Rex.

Terissa se avergonzó un poco por tan sincero agradecimiento, pues la gente de la aldea no suele ser tan agradecida en sus palabras, ya que dan por hecho la atención médica y sus expectativas siempre son altas.

—No te preocupes Clarke, es mi trabajo y lo hago encantada. Ahora que te veo bien, también quería verte para contarte algo – seguido de estas palabras, Terissa bajo un poco su tono de voz y continuo —No solo soy la curandera de la aldea, también sirvo como consejera y desde hace poco empecé a ver a Rex muy distinto. Es como si le hubiesen impregnado de la energía de varios cristales y llenado de vida. El pobre Sharq solía asistir mucho a mi casa buscando consejo, siempre deprimido y apagado, no se entendía con nadie ni se sentía útil, siempre andaba con sus orejitas y cabeza baja, la verdad que siempre intentaba aconsejarlo, pero él es como es, muy hablador, sincero e inocente. Y la verdad que la gente de este pueblo siempre está ocupada y trabajando duro para que la aldea se mantenga y de paso hacer frente al calor. Así que Rex es todo un personaje que la gente no suele aguantar por largos periodos. Sin embargo, tu, desde que Rex te vio y te trajo a la aldea, es como si tu presencia le hiciera bien. Últimamente le vi más alegre, más enérgico, con brillo en los ojos. En fin. Te digo esto Clarke por que vi en tu cara lo que sientes, y quiero que tengas claro que has estado haciendo un gran cambio positivo en Rex y de seguro serás capaz de lograr este proyecto para hacer un cambio aún más positivo en la aldea.

Clarke se sorprendió por las cálidas palabras de Terissa y por conocer su punto de vista, eso le reconforto e hiso sentir mejor —No, no lo había visto de esa manera. Gracias por dejármelo saber.

—Descuida Clarke, un placer ayudaros. Ahora, volveré a mi casa por si llega alguna persona que necesite mis habilidades. Nos vemos luego.

Clarke se despidió respondiéndole con un gesto de pulgar arriba y una sonrisa, se encontraba más esperanzado de regreso a la casa donde trabajaba. Allí al entrar se encontró con Rex que le tenía un plato de comida caliente para el almuerzo —Vi que no te gusto el desayuno Clarke, pero te traje una especialidad del chef, un buen bistec de kura en cremas y una deliciosa ensalada. Le pedí al chef su plato especial para mi gran amigo.

Clarke se alegró de ver a Rex y con una caricia en la cabeza como quien acaricia a su mascota, le dio las gracias y se sentó a comer con su amigo, que hablaba sobre todo tipo de platos y comidas que quisiera un día invitar a Clarke para probar.

Una vez terminaron de tomar ese descanso tan necesitado, Clarke tomo papel y lápiz y empezó a escribir esquemas y formulas. Hizo memoria para recordar las leyes físicas, la algebra y la matemática que estudio años atrás. En algunas partes incluso se atrevió a rellenar espacios con pequeños inventos de cálculo para por lo menos intentar acercarse a un primer prototipo de diseño. quería conseguirlo, aunque fuese de prototipo en prototipo o de fallo en fallo, igual cada error era un aprendizaje.

No quería darse por vencido y se puso a inventar maneras para que funcionaran sus diseños. Sin embargo, luego de otras largas horas de trabajo. Como cohete que despega, pero rápidamente empieza a caer al suelo, se dio cuenta que seguía sin avanzar, sin nada útil y ningún progreso. La realidad le mostraba que inventar cálculos o fórmulas para rellenar los espacios del diseño que no entendía o recordaba jamás serviría.

Clarke se sentía nuevamente frustrado, se sentía inútil de nuevo. Esto era un gran golpe para su ego. No podía creer que algo con lo que había trabajado tantos años fuera tan difícil de comprender y diseñar. Clarke de nuevo cayo sentado sobre la alfombra sobre el piso de la casa y contemplo en silencio los bocetos de su proyecto.

En ese momento, sonó una campana que estaba ubicada en la puerta, de forma de aviso cada vez que alguien la abría y cerraba. Clarke dirigió su mirada y vio a Marcela quien le vio, le sonrió y le dijo un comentario —¡Vaya! que forma tan curiosa de construir una máquina — refiriéndose a que había encontrado a Clarke tumbado en el suelo sin herramientas ni materiales en sus manos.

—Que va, solo me he encontrado con un par de inconvenientes en el diseño, entre eso, que necesito primero una máquina para estudiar las presiones del cristal y las propiedades de sus estados físicos — dijo Clarke mientras se ponía de pie rápidamente e intentando disimular su poco progreso.

Marcela contemplaba las imágenes en la pared y los bocetos que Clarke había hecho —No entiendo completamente que estas escribiendo aquí, pero si necesitas una maquina donde poner el cristal y estudiar sus propiedades, ya existe algo así — dijo Marcela de una manera despreocupada, dando a entender que no era algo difícil de conseguir.

Clarke se quedó helado, se sintió como un completo idiota, todo este tiempo de trabajo, de alto estrés, donde se jalo el cabello y se lanzó al piso pensando en cómo crear una forma de estudiar al cristal y jamás se le paso por la cabeza que ya podía haber sido creada, probablemente para estudiar este como otros cristales. —Me estás diciendo, ¿que ya tienes una máquina que puede estudiar el gas del cristal? — pregunto Clarke.

—Mas o menos. Los cristales siempre han sido importantes y un misterio por lo que se han creado varias máquinas para trabajar con ellos. Hay una que tengo en la tienda donde trabajo con los cristales amarillos que quizás te pueden servir, no son para los cristales azules, pero puedes echarles un vistazo — dijo Marcela invitándole a verla.

Clarke no perdió tiempo y casi que echando a Marcela fuera de la casa y caminando con paso

apresurado a donde Marcela tenía esa máquina, ambos recorrieron el trayecto por la aldea hasta llegar a una gran casa de donde salían varias tuberías metálicas de las paredes y que se escondían bajo la arena. Al entrar Clarke pudo observar toda clase de maquinaria que trabajaba con los cristales amarillos. Marcela que se encontraba frente a él, hizo un gesto con las manos abiertas señalando la maquinaria y dijo
—Esta es la sala de máquinas y planta de electricidad que surte de luz y energía a la aldea. Es mi bebe y tienes que admitir que es una belleza — dijo con orgullo.

Clarke estaba boqui abierto, nunca había visto maquinaria igual, pero entendió que era como una clase de planta eléctrica y de gas que surtía a la aldea.

Ya dentro de la enorme casa/taller, estuvieron buscando la máquina que se acercaba a las características que Clarke necesitaba para su invento, allí Marcela le mostro una maquina en una esquina que tenía acumulación de polvo y señales de desuso.

—Esta es la maquina Clarke, con esta se estudió las presiones gaseosas de los cristales amarillos, tendrías que modificarla para que puedas también ver las presiones en líquido del cristal azul y poder probar el cambio de estado de la magia del cristal.

Clarke se emocionó, y con humildad le dijo —Muchas gracias, Marcela, estaba pasando por un gran aprieto para empezar con la creación de la máquina. Esto me servirá de mucho.

—De nada Clarke, pudiste haber preguntado. Estoy aquí para ayudarte con ese proyecto en lo que necesites, no se te olvide que puedes informarme de tu progreso. No se igual si estas cosas te sirvan, pero las dejo a tu disposición.

—Gracias, Si tienes razón, por un momento no quise molestar, sé que cuentas conmigo para que lo logre.

—No me molestas Clarke, con gusto te voy a ayudar. La única cosa que puede molestarme es que te rindas.

Clarke se emocionó por las palabras de Marcela, tenía que aprender a colaborar con otros y aceptar su ayuda. Tenía que dejar suponer y comunicarse con ellos. Todo parecía más fácil ahora que sabía que no estaba solo.

—Gracias nuevamente Marcela, aprecio tu ayuda y de seguro contare contigo cuando necesite ayuda.

—Claro que si Clarke, ya sabes dónde encontrarme.

Marcela se despidió y salió para atender otros asuntos de la aldea. Clarke por el momento que no necesitaba más ayuda decidió estudiar la máquina. Para eso, se dirigió hacia su taller donde había estado trabajando, para recoger unos papeles, cristales y herramientas. En ese momento, cuando se encontraba recogiendo esas cosas. La campana de la puerta volvió a sonar.

Clarke volvió a dirigir la mirada y esta vez observo a dos enanos. Eran Helmir y Björn.

—Hola Helmir, Björn ¿cómo están? Me alegra de verlos. — dijo Clarke con sorpresa y alegría, pues eran quienes le habían salvado de ahogarse en la cueva de los cristales eléctricos.

—Hola Clarke, bueno verte. Halsin nos contó que tramas — dijo Björn con una sonrisa.

—Si, Hemos venido a echarte una mano, un proyecto así no se puede dejar en las manos de un solo hombre — dijo Helmir mientras se acercaba donde Clarke y le ayudaba a cargar las cosas que recogía.

—No un solo hombre, también un grandioso y confiable Sharq — dijo desde una esquina Rex que al parecer se había quedado dormido y se despertó justo al escuchar la conversación.

Clarke soltó una pequeña carcajada y dijo – Si Rex, creo que tu gran aporte no ha sido puesto en duda. Bueno muchachos, no esperaba más ayuda, pero sin dudas es bien recibida — dijo Clarke dejándoles ayudar con las cosas, luego de camino a al taller de la maquinaria eléctrica, donde estaba la máquina de presiones fue contándoles sobre su progreso.

—Vaya, ya entiendo lo que estas buscando hacer, que bueno que estamos aquí. Pues esta máquina es un diseño e invento enano y con gusto te podemos ayudar a modificarlo — dijo Helmir con mucha seguridad.

Clarke se sorprendió por las capacidades y conocimientos de Helmir y Björn y sintió humildad por sí mismo. Pues, al inicio del día se sentía como una super mente maestra que traía un invento único en todo sentido para este mundo, pero poco a poco se había dado cuenta y reflexionaba sobre que ya había ciertos pasos e inventos realizados por los habitantes de este mundo, que podían ayudar a construir la maquina si se organizaban. Quizás no habían inventado el aire acondicionado por culpa de los cristales mismos que apaciguaban la necesidad de hacerle frente al calor. Era algo que Clarke encontró curioso y que al mismo tiempo le dejo claro que no sería el super inventor que por sí solo lo haría todo. No, él necesitaría un equipo con el cual colaborar, así como el apoyo de todas estas personas que traían consigo conocimientos de este mundo los cuales él no tenía y al mismo tiempo los conocimientos de su mundo que solo él tenía.

Con la mente clara y nuevas ideas, Clarke tomo sus herramientas y procedió a trabajar arduamente con los hermanos en modificar la máquina para estudia los cristales azules. Ahora todo iba bien y Clarke se sentía mucho mejor.

Capítulo 12: Zapatero a su Zapato

Pasaron un par de meses y el equipo de Clarke había logrado un gran avance, la máquina de estudiar el cristal azul era toda una realidad y ya Clarke conocía sus propiedades como la temperatura, propiedades y comportamiento.

El equipo compuesto por Clarke, Helmir, Björn, Rex y de vez en cuando con el apoyo de Marcela. Se encontraba bastante optimista sobre su progreso y sus posibilidades de terminar el proyecto con éxito.

Clarke se encontraba tomando notas sobre el diseño de su máquina de aire acondicionado, cuando escucho sonar la campana de la tienda donde trabajaba. Al voltear su vista, observo que entraba un enano de barba blanca y bigote particular. Ese era Halsin.

—Hola Halsin, que gusto verte — Dijo Clarke mientras se aproximaba a tenderle la mano como saludo.

—Hola Clarke, Hola a todos — Dijo Halsin mientras tendía su mano y saludaba a todos incluso a Rex, cual saludo también tendiéndole la mano y el Sharq respondiéndole con su pata —Que bueno ver que han progresado, veo diseños y dibujos de lo que parece la máquina, muy curioso — Dijo Halsin mientras veía los dibujos y escrito intentando descifrar por sí mismo como seria la maquina final.

Clarke se propuso a explicarle en lo que habían estado trabajando, los progresos que habían conseguido y las nuevas ideas que les permitirían crear la máquina.

—Entiendo, me dices que estas temperaturas son tan altas que si fuese una maquina ordinaria de tu mundo, no sería capaz de trabajar por mucho antes de dañarse — decía Halsin comprobando si entendía bien toda la información que Clarke le dijo.

—Si, estas en lo correcto Halsin. Por suerte, luego de estudiar los cristales azules, me di cuenta de que son perfectos para poder enfriar espacios incluso en este caluroso desierto — respondió Clarke muy positivo.

—Me parece fabuloso, quizás los mismos dioses querían que creáramos esta máquina Clarke, ¡cuidado si no eres un enviado de ellos!

— lo dijo con alegría y dándole una fuerte palmada en la espalada a Clarke.

Clarke sintió la mano pesada de Halsin que casi le saca hasta el aire de los pulmones, sin embargo, no se enojó, pues sabía que era un trato tosco que todos los enanos tenían y que había aprendido de Helmir y Björn luego de este par de meses de convivencia y trabajo. Luego le dijo a Halsin —Ahora mismo, estamos trabajando en el diseño del sistema, para hacerlo trabajar de forma eficiente con el estilo de vida de la aldea y su distribución, creemos que lo más conveniente va a ser una gran maquina condensadora que va a estar en las afueras de la aldea porque desprenderá un calor inmenso y unas bastante gruesas tuberías que llevaran el contenido de los cristales azules dentro y fuera de las tiendas para extraer el calor de ellas y enfriarlas.

Halsin quedo maravillado, parecía que todo podía servir a la perfección, pero detallando las altas presiones, el tamaño de la maquina y las temperaturas de trabajo que esta alcanzaría, se rasco la barba y dijo —Una maquinaria así, solo podría servir con un metal que aguante tales temperaturas y sea resistente. Necesitaríamos una buena cantidad de metal solar —Luego de decir eso. Halsin guardo un gran silencio.

Clarke hasta entonces, había notado que existían distintos metales y algunos compuestos químicos distintos a su mundo, pero muchos se parecían a los que ya conocía y entendía que un metal ordinario no aguantaría tales temperaturas sin fundirse o perder su resistencia.

—Creo que se, como conseguir un gran cargamento, pero requeriré un poco de tiempo para organizar mis contactos. Ya te hare llegar un cargamento para que empieces y otro luego —Terminando de decir eso, Halsin se despidió de Clarke y llamo aparte a Helmir con el que hablo fuera de la tienda. Al rato Helmir volvió solo y le informo a Clarke —Te dejo con Björn, voy a traer el primer cargamento de metales para que empecemos a construir a esa maravilla enfriadora que llamas máquina - Seguido de esto, Helmir abrazo a su hermano y se despidió.

Nuevamente el equipo puso manos a la obra y perfeccionaron sus diseños y cálculos para poder construir el primer prototipo de máquina de aire acondicionado mágico. Con suerte, no tuvieron que frenar su progreso para cuando un cargamento de metales llegaba a la aldea.

Los habitantes de Zira, ya cuestionaban tanta actividad y cargamento de cosas a la misma casa/taller de siempre, donde Clarke y su equipo trabajaban en su proyecto secreto. Marcela como líder de la aldea, se encargaba de disipar los rumores y de inventarse otros que mantuviesen a las personas con sus narices fuera de donde no les incumbía pues sabía que esta máquina seria revolucionaria y que disminuiría su gran dependencia sobre los cristales azules. Algo que para algunas personas en vez de una bendición significaría una gran tragedia.

Clarke y su equipo continuaron con el trabajo y empezaron a materializarlo utilizando el cargamento de metal solar que Halsin había mandado, aunque para su sorpresa, este cargamento no llego en manos de Helmir, sino de otros tres enanos llamados Balh, Manny y Harold quienes se presentaron dispuestos a ayudar.

Clarke los recibió y organizando al equipo y demostrando su aprecio por lo que cada uno aportaba a la creación de la maquina continuaron con su progreso y trabajo.

Llego un punto donde tenían que empezar a soldar distintas piezas que habían diseñado para la máquina. Clarke era un buen soldador, pues en sus años de trabajo como técnico, él había soldado innumerable número de veces desde las más pequeñas a las más grandes máquinas de aire acondicionado. Sin embargo, empezó a tener muchas dificultades con la soldadura de este metal solar. La antorcha que necesitaba para soldarlo alcanzaba temperaturas tan calientes que Clarke hasta entonces desconocía y era bastante complicado. Tanto así, que en un punto delego el trabajo a Björn, Luego a Balh, Manny y Harold, pero, aunque todos los enanos suelen ser hábiles con el trabajo de metales, algo tenía este metal que resultaba ser complicado para la soldadura. Era difícil de calentar, pero al mismo tiempo, una vez caliente era muy fácil de fundir y dañarlo.

Clarke se sintió frustrado de él no poder lograrlo y de su equipo no mostrar un resultado distinto, lo que había empezado por un nuevo reto que parecía pan comido, estaba convirtiéndose en una gran molestia. Pasaron las horas y luego la noche hasta que al día siguiente el equipo se encontraba estancado en el mismo problema.

Clarke decidió parar por un momento y dar una vuelta por la aldea, a veces el caminar y mirar a esos dos soles que le parecían los dos ojos de algún ser gigante o divino que le estaba mirando le llenaban de coraje, pero también le ayudaban a despejar la mente.

En la caminata, Rex se le unió, y vio como Clarke mostraba en su cara, la expresión de alguien que afronta un dilema.

—Oye Clarke, no es el primero obstáculo que se nos presenta y al cual tarde o temprano le hayamos solución, tampoco será el último —dijo Rex intentando llenarle de ánimos.

—Si, Rex, pero este parece distinto. No podemos mal gastar el material que nos consiguió Halsin, quien sabe cuánto le abra costado conseguirlo. Además, tengo cerca de 8 meses desde que llegue a este mundo. No puedo permitirme perder más tiempo.

—Bueno, debe ser muy caro ese metal, solo he oído de la existencia de ese metal una vez y es porque es el mismo que se usa en el núcleo de la maquina central que utiliza la aldea para procesar la magia eléctrica de los cristales amarillos — dijo Rex sin darse cuenta de la información relevante que sabia y acababa de decir. Luego pregunto — ¿y por qué le prestas tanta atención al tiempo que llevas desde que llegaste?

En ese instante, la mente de Clarke se quedó atrás, obviando la pregunta de Rex y analizando información que como bomba había soltado Rex en el inocente comentario. Clarke sintió como si se le hubiese prendido una bombilla, sentía que había dado con una posible solución y luego pregunto —¿Qué fue lo que dijiste Rex?

—Que no era el primero ni ultimo reto que nos tocaría superar.

—No, No después de eso.

—Que ese metal es muy caro — dijo Rex meneando la cola

—¡No! Dijiste que ya ese metal se había empleado en la maquina central de donde se surte de electricidad la aldea. Es decir, ya alguien lo soldó y lo trabajo como quiso. ¿Sabes quién fue?

—Ahhhh.... - dijo Rex cayendo en razón sobre que había dicho algo importante — Si, si se quien fue. Fue el padre de Marcela.

Con esas palabras, Clarke y Rex emprendieron una caminata a paso acelerado hacia la casa de Marcela, Clarke no podía contener la emoción. Una vez llegado allí, al pasar por la puerta principal, se encontraron con Marcela curiosamente soldando unas tuberías que constantemente necesitaban un refuerzo y que transportaban la electricidad de los cristales amarillos.

—Hola, Marcela, necesito tu ayuda — dijo Clarke emocionado.

—Hola Clarke, ¿cómo va el proyecto? – preguntaba Marcela mientras terminaba su soldadura.

—Hemos tenido problemas soldando el metal solar, se nos derrite muy rápido y no logramos evitar que se dañe. Rex me conto que tu quizás sepas soldarlo.

Marcela apago sus antorchas, y se removió los lentes protectores mientras se quitaba el sucio del rostro — déjame decirte Clarke, que encontraste a la persona indicada — dijo con una sonrisa confiada.

Clarke con una gran alegría y expectativa la ayudo a recoger sus cosas y se dirigieron juntos a la tienda donde estaba trabajando en la construcción de la máquina, ahí se encontraban los demás integrantes del equipo que discutían y no lograban aun soldar correctamente el metal.

Marcela paso, y les aparto con la mirada diciendo —Dejen a una maestra enseñarles como se hace. Luego procedió a ponerse los lentes de seguridad y encender sus antorchas.

Clarke la vio con admiración y al mismo tiempo sintiendo un poco de celos, por dentro el quisiera haber podido llevarse el protagonismo de la soldadura, pero, no podía negar que, en vista de sus intentos y fracasos, era un alivio haber conseguido ayuda.

Ver la actitud de Marcela le recordaba a él mismo algunas veces cuando se mostraba arrogante frente a los técnicos que entrenaba en

CoolForever. Dominando toda situación con respecto a las máquinas de aire en Florida. Sin embargo, entendía que una cosa era actuar de esa manera en confianza y respeto como lo hizo Marcela y otra era como repetidamente Clarke se portaba de forma grosera y con soberbia hacía sus antiguos aprendices, nuevos empleados y otros técnicos con experiencia. Se avergonzó de ese recuerdo e intento centrarse con la mirada en lo que Marcela hacía.

Marcela empezó con confianza a trabajar con el peculiar metal, ella poseía mucha experiencia soldando todo tipo de metales de este mundo, aunque este no era el más común.

Empezó regulando la llama de sus antorchas para que fuese tan dispersa o centrada como ella quería, continúo calentando el metal, lentamente jugando a lo seguro, sin embargo, incluso alguien tan experimentada como ella mostro un poco de estragos al soldar. Sin embargo, conservando el temple y con gran determinación, logro un trabajo decente.

La soldadura no era perfecta, pero funcionaba para el trabajo. Una vez concluida la soldadura, Marcela apago sus antorchas y se retiró los lentes diciendo —Vaya, debe ser que llevo mucho tiempo sin ver un metal solar pero no recuerdo que mi padre mencionara que fuese tan poco consistente en cuando se empieza a fundir, quiero decir, parecía que calentara en diferentes partes a diferentes temperaturas, ya entiendo por qué todos sufrieron cuando intentaban soldarlo.

Todos se quedaron sorprendidos con la actuación de Marcela y a la vez se sintieron un poco mejor consigo mismos de saber que incluso ella paso un poco de dificultad para realizar la soldadura.

Clarke le agradeció a Marcela y admirando todas las piezas ya soldadas, quedaba el momento de ensamblarlas, atornillarlas y darle forma a la máquina. Para eso su equipo de trabajo estaba más que preparado. Entre ellos Björn dijo —Bueno, al fin ya es hora de golpear con el martillo, me iba a volver loco si seguíamos estancados en la soldadura mirando el fuego como moscas — Todos sonrieron al escuchar su comentario. Sentían lo mismo pasado tanto tiempo estancados en esa parte del proceso y ahora volvían a tener el control de progresar con su proyecto.

El equipo empezó a trabajar y poner manos a la obra, entre martilladas y mover piezas de un lado a otro, Björn le pidió a Harold que por favor recargara las jarras de cerveza. A eso Harold tomo un gran recipiente que estaba vacío y salió de la tienda a recargarlo.

Clarke no era muy fan de la idea de consumir alcohol durante cualquier trabajo, sentía en un principio que era como un insulto a la seriedad de su labor. Pero se dio cuenta que ayudaba a los ánimos de su grupo, además que este trabajo o las normas de este mundo no se podían comparar con las de la tierra. Clarke había aprendido a entender a su equipo de trabajo y a respetar esto que, aunque era contra sus principios, había entendido que era algo cultural de los enanos y no se los podía negar.

Pasaron las horas y el equipo siguió trabajando hasta largas horas de la noche, sin embargo, pararon al momento de que se dieron cuenta de que Harold no había regresado con la cerveza y el equipo se negaba a trabajar seco.

A Clarke y a los demás les pareció extraño, a lo que Balh dijo —Seguro el vivo de Harold, se quedó con todo el garrafón para el solo, sabiendo que ya nos falta poco para terminar por hoy.

El equipo no le dio mucha importancia ya que era algo que al parecer podía ser típico de Harold, recogieron sus cosas y Clarke contemplo antes de cerrar el taller, una vez más, su máquina de aire acondicionado a casi terminar. Con gran orgullo y alegría la observaba pensando que el día de mañana podría ser el día para encenderla y hacerla funcionar.

Capítulo 13: Los Hilos en las Sombras.

Clarke y Rex salían de la choza donde dormían a muy temprana hora de la mañana, la emoción por estar casi a punto de terminar la maquina les ayudaba a levantarse de un brinco y salir con muchas energías. Caminaron con emoción donde se encontraba su máquina, hoy si todo seguía el plan, terminarían la máquina de aire acondicionado mágico.

Al llegar al taller, se encontraron con Björn y Balh, quienes les informaron que Manny había salido a buscar a Harold ya que no le vieron en toda la noche.

Clarke se preocupó, pues eran parte del equipo, pero en el punto donde estaban no sería de mucho retraso, igual podrían seguir con el trabajo.

El equipo tomo sus herramientas y volvieron a enfocarse en la máquina, Clarke conectaba los tubos eléctricos, Björn y Balh se aseguraban de ensamblar los motores, aspas y piezas pesadas y Rex les pasaba los garrafones de agua y cerveza que habían traído Balh y Björn.

Así transcurrió medio día. Cuando Clarke se encontraba dando unos últimos martillazos y conectando la última pieza de la máquina. Clarke se bajó de una escalera de 20 pies de alto y observo con admiración la máquina que habían construido. Era gigante, imponente y una maravilla de la ingeniería. Era un reflejo de lo mejor que su equipo había logrado y se sentía muy orgulloso de tenerla por fin terminada. Ahora solo tocaría encenderla y asegurar que todo se mantuviese en una pieza.

Björn vio la alegría en el rostro de Clarke y compartiendo el mismo sentimiento se acercó a él con Balh y Rex para brindar por su logro.

Clarke que no tomaba durante el trabajo, no pudo evitar sentirse entusiasmado por el logro alcanzado y decidió que era buena idea brindar. Juntos chocaron las jarras, y tomaron de la cerveza. Clarke no la había probado antes y de inmediato sintió como la temperatura de la cerveza caliente (al mismo nivel que un café), no permitía bebérsela rápido y daba tiempo a que se centrara en su sabor amargo, mucho más amargo que cualquier cerveza que haya probado antes. Sin dudas pensó que estos enanos era unos locos y unos barbaros de poder tomar tanta cerveza caliente en un desierto tan caluroso como Zal. Luego de ese sorbo, disimuladamente boto el resto de su jarra a tiempo para ver como Björn y Balh terminaban con la suya como si hubiesen tomado agua.

Björn secándose aun la espuma de los bigotes, dijo —Bueno, ahora voy a buscar a los dos perdidos de Manny y Harold, no puedo creer que se pierdan el momento de cuando prendamos esta máquina. ¿Sera que nos ayudas Clarke? Mientras más rápido los consigamos, mejor.

Clarke miro su máquina una vez más como diciéndole con la mirada con un toque de cariño "ya vuelvo, espérame solo un poquito más". Y acepto ayudar en la búsqueda de Harold y Manny. Para ello, se dirigió a Rex y le dijo —Rex, amigo. Crees poder olfatear a alguno de los dos.

—Claro que si Clark, puedo oler su sudor impregnado de cerveza de aquí a los soles. Sígueme.

Clarke, Björn y Balh siguieron a Rex fuera de la tienda y a través de la aldea. A medida que avanzaban no tenía nada de sentido que ambos enanos estuviesen hacia una dirección donde no tenía nada que ver con la cerveza que buscaban en primer lugar.

Continuaron siguiendo el rastro que Rex olfateaba y les llevo fuera de la aldea —Que extraño, ¿por qué saldrían de la aldea? — dijo Clarke.

—¿será que tienes el olfato dañado Rex? — Pregunto Björn.

Rex respondió de inmediato y muy seguro — Aunque no lo crean, se encuentran ante el mejor olfato de todo Zal.

Björn soltó una pequeña carcajada, pero decidió dejar al animal en paz, y seguirlo como su pista mas segura para el rescate de sus amigos.

—Tengan mucho cuidado, no sabemos que vayamos a conseguir — dijo Balh.

El grupo siguió el rastro con Rex. Todos recorrieron las dunas del desierto bajo el inmenso calor de Zal, pero gracias a la ayuda de los fragmentos azules que tenían de sobra para la construcción de la maquina se aliviaron un poco.

A medida que avanzaban y se alejaban de la aldea, la sospecha de que algo no estaba bien era más que evidente. El dúo de enanos saco sus martillos preparados para hacer frente a lo que fuese y le pasaron uno a Clarke para que no anduviera indefenso.

En ese momento, Clarke se sorprendió, no le pasaban ese martillo para construir nada, era para pelear, era para defenderse de cualquier amenaza que hubiese sido la razón de desaparición de sus compañeros. —¿En qué carajos nos estamos metiendo? Se pregunto Clarke mientras imaginaba cualquier tipo de peligro como los Gnomos de Fuego o los Vor'shak.

Llego un punto donde la marcha se detuvo, Rex levanto la cabeza y dijo —Los huelo, estamos cerca — lo dijo señalando una pequeña cueva rocosa que se encontraba más adelante.

El equipo se puso alerta y con mucha cautela entraron, rápidamente se dieron cuenta que el lugar no era muy profundo y que en su suelo rocoso se encontraban Manny y Harold atados de manos, pies y caras tapadas con una bolsa de tela oscura.

—¡Maldición! Que les ha pasado, Manny, Harold Respondan — Grito Björn mientras corría junto a Balh para desatarlos.

Sin perder tiempo les removieron las bolsas de la cara y observaron el rostro vivo, aunque golpeado de ambos.

—¿Amigo estas bien? — pregunto Balh a Harold.

—Si... pero... necesito cerveza — respondió Harold con pocas fuerzas y los labios cubiertos de arena.

Clarke observo esto con alivio de ver que estaban bien pero preocupado — ¿Quién les hizo esto? — pregunto.

—Nos estuvieron observando todo este tiempo, me siguieron cuando salí a buscar a Harold y me emboscaron. Fueron otros Enanos — dijo Manny mientras se recuperaba y estiraba luego de haber sido liberado.

—Esos desgraciados, seguro fueron del grupo de Asher, Siempre le han tenido rabia a Halsin por sus ideas. ¿Les dijeron que querían? — dijo Björn.

—No, solo me atraparon y me lanzaron aquí donde me encontré con Harold — dijo Manny.

Clarke analizo la situación y dijo — ¿Qué raro? ¿para que alguien quisiera solo tenderles una emboscada y amárrales dejándoles en esta cueva?

Las dudas de Clarke estaban bien justificadas, si alguien quería hacerles daño, pudieron sencillamente matarles una vez estaban amarrados o dejarles enterrados en las arenas del desierto, o si querían un rescate hubiesen contactado con Clarke y su equipo y escondido mejor a los compañeros capturados. Que les encontraran tan rápido y en un lugar relativamente seguro, lejos del calor de los soles y depredadores resultaba bastante raro.

Björn en ese momento de deducciones, dijo —Creo que entiendo lo que está pasando. Alguien se enteró de lo que estamos diseñando. Clarke, tienes que ir ya a la aldea, yo me ocupare de estos dos. Tu ve con Rex y Balh a asegurarte de que el taller este bien.

Clarke oyó esas palabras y un fuerte escalofrío que le corrió por la espalda, tenía que ir de inmediato a la aldea. Empezó a correr junto a Rex y a Balh para llegar lo antes posible. Puede que todo esto había sido una trampa y todos habían caído redondos en ella.

Cuando llegaban a las cercanías de la aldea, un gran humo negro se alzaba sobre el cielo, la gente de la aldea corría con contenedores de agua de lado a lado. A Clarke se le acelero el corazón, "¿de dónde viene ese fuego? ¿Qué ha pasado?" Se preguntaba. A medida que se acercaban más susto y ansiedad iba sintiendo hasta que se dio de frente con un desgarrador panorama.

—No... No puede ser — dijo Clarke con un tono de voz que reflejaba como si su alma hubiese dejado su cuerpo y vuelto, dejando un gran sentimiento de desesperanza y perdición.

Clarke tenía frente a sus ojos, el taller en el que había trabajado tanto, donde había invertido todo su esfuerzo de las últimas semanas y par de meses. El taller donde se encontraba la máquina de aire y todos sus diseños, papeles y esquemas, estaba completamente cubierta de fuego. Las personas intentaban apagarlo, pero era inútil. Entre esas personas se encontraba Marcela que mandaba y traía contenedores de agua buscando apagar el fuego.

Clarke en un instante empezó a moverse e intentar entrar en la tienda. Rex al ver esto, corrió tras Clarke y le grito —Clarke no hagas esto, ¿estás loco? No puedes entrar ahí, ¡te quemaras!

Clarke siguió avanzando sin importarle y solo le dijo —¡todo está ahí Rex! ¡Si se quema estaremos peor que incluso cuando comenzamos! — seguido de esto, Clarke se empapo de agua e intento entrar entre el fuego para rescatar lo que pudiese de su trabajo. Pero se vio impedido mientras lo hacía por Rex que le mordía de la ropa para detenerlo.

Clarke intento forcejear con él, pero en ese mismo instante una concentración de aire y fuego dentro del taller causo una explosión que le mando de un salto hacia atrás, cayendo en la arena junto a Rex.

—Clarke, ¿ves porque te lo dije? tu vida vale más que esos papeles y esquemas. Luego podemos volver a intentarlo — dijo Rex.

Clarke en ese momento estaba fuera de sí, estaba invadido por una lluvia de emociones, frustración, Ira, Negación, entre otras. No podía pensar con claridad y una lluvia de pensamientos catastróficos inundaban su mente: "Se perdió todo", "ahora no podrás volver a tu mundo", "todo ese trabajo y sacrificio para nada", "eres un fracaso". Clarke se perdía entre ese mar de pensamientos y el brillante resplandor del fuego que consumía todo lo que había logrado Clarke y su equipo.

—¡Aquí esta! Tenemos a uno de los desgraciados que causo el incendio — Escucho Clarke a lo lejos. Este grito le hizo volver en sí y enfocar su rabia que le ardía desde sus entrañas y estaba deseoso por querer descargarla con cualquier criatura que fuese la que origino eso. Clarke cogió un martillo que estaba al alcance y fue con furia hacia donde provenía la voz.

Rex se acercó corriendo a Clarke y de un mordisco le quito el martillo de la mano —

¿Clarke que piensas hacer con esto? Tú no eres así.

—Rex devuélveme ese martillo, no empieces a interferir y a molestar como siempre lo haces. Se un buen perro y dame ese martillo.

—No Clarke, no estas bien, no estás pensando con Claridad.

—¿Y tú quién eres? ¿Mi jodido psiquiatra? —dijo Clarke con mucha furia. Seguido de eso empezó a forcejear con Rex para quitarle el martillo.

Los dos jalaban con fuerzas y no cedían. Clarke solo oía e imaginaba como el sujeto que había iniciado el fuego se reía y podía que se escapara sin pagar las consecuencias. Eso le llenaba de aún más rabia.

—¡Deja de ponerte en el medio Rex! ¡Deja de estorbar! — seguido de eso, Clarke le arranco a la fuerza el martillo y empujo con una patada a Rex fuera de su camino.

Rex se le quedo mirando, triste y decepcionado por la actitud y violencia con la que Clarke había peleado por el martillo y lo que estaba a punto de hacer. Sus palabras le hirieron profundamente y decidió hacerle caso a Clarke y “no estorbar". Manteniendo un poco la distancia, pero siguiéndole aun el paso. Pues aún se preocupaba él.

Clarke camino entre las personas que estaban todas aun alarmadas por el incendio, caminaba con pisadas fuertes y mucha energía. Cargaba una rabia y unas ganas de descargar su frustración con la “pobre” alma que causo el incendio. A paso acelerado fue siguiendo la dirección de donde había provenido el llamado.

Cuando se acercó, observo que era una figura humanoide y encapuchada que se dirigía hacia las afueras de la aldea diciendo — ¡Rápido que se escapa!

Clarke con la adrenalina y el cortisol a máxima producción no dudo en ningún momento perseguir a la figura que cada vez se alejaba más rápido y empezaba a correr.

La persecución que ahora estaba dirigida fuera de la aldea, llevo a Clarke siguiendo ahora dos figuras humanoides que se perdían detrás de la duna más próxima. Una de estas era el sujeto encapuchado que seguía alentando a Clarke para perseguir al supuesto pirómano causante de la destrucción del taller y todo su contenido.

Una vez subido y bajado un par de estas dunas en las afueras, Clarke logro alcanzar al sujeto encapuchado que tenía en el piso reducido a la otra figura humanoide. Clarke aprieto fuertemente el martillo en su mano y se acercó para observar el rostro del causante del incendio. Sin embargo, al pararse al lado del encapuchado se llevó una terrible sorpresa, el rostro del hombre en el piso le miraba sonriendo y el sujeto que le había alentado a seguirle, también le sonreía con una mirada maliciosa.

Ambos hombres se voltearon a Clarke, con cables y cadenas con intención de atacarle, Clarke ante la sorpresa intento ponerse en guardia con el martillo y lanzo un golpe hacia uno de los sujetos, sin acierto.

En ese instante, uno de los dos agresores dio un silbido y desde una duna cercana, más sujetos hostiles empezaron a acercarse. Clarke se vio en apuros e intento alejarse, pero le estaban empezando a rodear y parecía que la única opción sería la violencia.

Por suerte, desde un lado de la duna, a gran velocidad, llegaba Rex para apoyarle, corriendo con determinación y poderío, llego cerca de Clarke y de un mordisco ataco a uno de los más próximos sujetos maliciosos.

Clarke no desaprovecho esta intervención oportuna de Rex y mientras el compañero del sujeto mordido estaba sorprendido, Clarke logro darle un sólido golpe con el martillo y dejándole inconsciente sobre la arena. Seguido de eso, se puso en guardia se preparó para los múltiples sujetos que llegaban cerca. Rex que también había dejado al otro enemigo neutralizado, se ubicaba al lado de Clarke para apoyarle.

Muchas figuras de distintos tamaños y razas les rodeaban, parecía que, entre los agresores, se encontraban enanos, elfos y humanos. La situación estaba critica para los dos compañeros que se veían superados en número y empeoro cuando dos corpulentas figuras se pusieron en frente de ellos y dejaron ver sus facciones de orcos.

Cuando empezaron a acercarse, Rex salto para morder a uno de ellos, pero de un sólido golpe redujeron a Rex como si de una mosca se tratara. Clarke no lo dudo y con su martillo fue a golpear a uno de los orcos, estos eran tan altos, que el golpe alcanzo a dar en el pecho, aunque estaba intencionado a dar en la cabeza. El orco reacciono como si nada y con un gran golpe conecto un gancho en la mandíbula de Clarke que le mando volando hacia atrás y callo en el suelo casi inmovilizado.

Entre el sonido de las risas, la visión de Rex noqueado en el piso y todo rodeado de agresores, Clarke sintió un gran desespero, pero su cuerpo pasmado por el golpe no le volvía a reaccionar.

En ese momento, su visión se vio borrosa cuando le cubrieron la cabeza con un saco negro y de una fuerte, rápida y solida presión que sintió detrás de la nuca, quedo inconsciente y a merced de sus captores.

Capítulo 14: Aliados Inesperados.

El fuego abrazador consumía el taller mecánico mientras Clarke inmovilizado observaba como consumía hasta la última esperanza de recuperar lo que alguna vez fue el proyecto de su vida. Clarke se veía a si mismo reflejado en las llamas mientras estas se hacían más grandes y radiantes.

De repente, su mirada, se enfocaba en sus brazos, en su piel que cubierta de arena, poco a poco empezaba a sucumbir ante los efectos del fuego causándole quemaduras de primero, segundo y tercer grado.

El terror se apoderaba de Clarke que aun inmóvil veía con el fuego hacia estragos en su piel, que le hacía sentir el aire pesado y quemándole los pulmones, que le desesperaba y le hacía sentir perdido.

Una vez más, la mirada de Clarke se enfocaba de nuevo en el fuego que se ubicaba en frente de él. Esta vez, ya no consumían el taller en Zira. Sino que las llamas consumían el cuarto de máquinas en la azotea del edificio en donde trabajaba el día del accidente, antes de llegar a Zal.

Clarke que aún se quemaba, observaba con dolor y desesperación que, dentro de ese cuarto, estaba su hijo Alejandro, quemándose y gritando por su padre —¡Papá ayúdame! ¿Por qué me dejaste solo? ¡Nunca estas cuando más te necesito!

En el fuego, también observaba al señor Jones que le gritaba — ¡Clarke, Yo confiaba en ti! ¿Por qué con tanto potencial dejaste que esto pasara?

También observaba a sus antiguos compañeros de trabajo y amigos — ¡Todo esto es culpa tuya Clarke mira a donde nos llevaste a todos!

Clarke era fuertemente invadido por la culpa, el dolor y el recuerdo de toda la desgracia que le habían traído la consecuencia de muchos de sus actos. Le costaba ver como la imagen de esas personas se consumía entre las llamas. Desenfoco su vista un momento, mientras empezaba a sucumbir ante el dolor atroz de sus quemaduras, y levanto la mirada una vez más, observando esta vez a Rex que también se rodeaba de llamas y le decía — Yo creí en ti Clarke, ¿porque a la final lo más importante ha sido tu trabajo, tu proyecto y no quienes estábamos contigo, al final? ¿eso es lo que soy para ti? ¿Un estorbo?

Detrás de Rex entre las llamas podía ver los cuerpos calcinados de Marcela, Björn, Halsin, Balh, Harold y más personas de Zal.

Clarke se sentía perdido y decepcionado de sí mismo, paralizado por todo el horroroso escenario y casi consumido por la oscuridad que las llamas generaban al cubrir todo su alrededor de humo negro. Cuando estaba por cerrar sus ojos y dejarse consumir por el incendio, escucho una voz.

—Esta es una visión de donde, los pasos que has estado dando te pueden llevar. Es el camino que sigues sin abandonar Clarke, pero todavía tienes tiempo de hacer el cambio y salvarte a ti y a los demás de este trágico fin. Queda en tus manos — Dijo una voz misteriosa pero sabía que sonaba desde atrás de Clarke.

Clarke volteo a ver rápidamente el origen de estas palabras, pero entre el humo espeso y el calor atroz del fuego su mirada se obnubilo antes de poder detallar por completo la figura humanoide de zapatos lustrados, pantalón planchado y una impecable bata blanca.

En ese momento, Clarke se despertaba, bañado en sudor y observando con dificultad el rostro de un elfo que le removía el saco negro de la cabeza.

—Es hora de levantarse dormilón. La verdad es que no iba a seguir soportando esos gritos que haces mientras estabas dormido. Ya los Vor`shak pensaban en cortarte el cuello solo para que hicieras silencio — dijo el elfo, que se ponía de pie y le señalaba a Clarke la dirección en donde se encontraban esos Vor`shak.

Clarke se levantó del piso árido, y noto que estaba encerrado en una jaula junto al elfo que le ayudo y un grupo de cinco Vor`shak que le veían con molestia.

La jaula donde estaba encerrado parecía estar ubicada en un valle en el desierto, entre paredes de túneles rocosos que se levantaban y que por suerte daban sombra sobre su paradero.

Clarke que estaba lleno de sudor, de pie y aun confundido de como llego al lugar observo muchas otras jaulas a su alrededor, muchas con otros Vor`shak y en una de ellas, a su amigo Rex que aún estaba inconsciente.

Al ver eso, Clarke empezó a golpear fuertemente la puerta de la jaula, pero no conseguía ni abrirla, ni moverla, solo lastimarse la piel contra el fuerte acero de esta.

— Dudo que un débil humano como tu pueda abrir una jaula de acero orco, ni yo que soy una raza superior pude hacerlo, así que haznos un favor a todos y quédate tranquilo humano — Dijo el elfo desde una esquina de la jaula.

Clarke envuelto en desesperación y colera, obvio las palabras del elfo y siguió intentando el abrir la jaula mientras que gritaba y decía— ¡Maldición! No puede ser que termine todo aquí, mi familia me necesita, mis amigos me necesitan, la aldea me necesita y no puedo permitirme quedarme aquí, en esta jodida jaula mientras todo se va más al carajo.

Las patas y forcejeos de Clarke contra la puerta siguieron tercamente. Ante esto, el elfo sorprendido por ese acto de imprudencia y desespero salto a detener a Clarke agarrándole desde la espalda, e inmovilizándole con una llave sobre sus brazos y hombros.

— ¿Te volviste loco humano? No lograras abrir la puerta de esa forma, solo conseguirás que nos maten más rápido. La única razón que no lo han hecho es por que probablemente estén esperando a más prisioneros o algún comerciante de esclavos para vendernos.

Clarke se sorprendió y a regañadientes relajo sus músculos para que el elfo lo soltara, luego le dirigió la mirada y le dijo — No puedo quedarme aquí, hay mucho en juego. Necesito salir de aquí y hacer que la persona culpable de esto y el incendio de mi trabajo pague por lo que hizo, luego volver a retomar mi proyecto. — se notaba en su cara el rostro de un hombre desesperado y molesto con el culpable de su desgracia.

Al notar el desespero de Clarke y su interés por retomar ese "proyecto", el elfo sintió curiosidad – ¿De qué proyecto estás hablando humano? Quizás yo pueda ayudarte si el precio es el adecuado.

—Supongo que me iría bien una ayuda si alguien pudiese sacarnos de aquí para empezar.

—Bueno humano, hoy estas de suerte, el gran Elliott esta justo en la misma jaula que tú y no tengo pensado pudrirme en ella. Pero esa suerte depende del precio adecuado — dijo el elfo con perspicacia.

Clarke, sabía que los cristales azules eran la moneda de cambio de Zal y que poseía algunos en el momento de su captura, si lograban escapar y encontrarlos, podría ofrecérselos a Elliott — ¿Sabes? Si de verdad logras sacarnos de aquí y ponernos a salvo, los cristales azules que tenía conmigo y tienen los guardias pueden ser tuyos.

—¿Qué me impide solo escapar, recuperar esos cristales para mi e irme solo y tranquilo?

Clarke no tenía respuesta clara para eso, pero intento mover las fibras más internas del elfo — Nada te lo impide, pero este mundo, por lo menos esta región de Zal necesita y cuenta conmigo para terminar un proyecto que ayudara a muchas personas. Necesito salir de aquí por el bien de muchas personas.

Elliott se sorprendió ante esto, no le hizo sentir compasión, pero si curiosidad y Elliott era un elfo muy curioso —¿Qué proyecto tan importante puede estar involucrado un humano? Necesito saber si vale la pena cargar con la molestia de ayudarte cuando escape.

—Es secreto, pero supongo que en estas circunstancias no me queda opción, estoy construyendo una máquina que ayudará a muchas personas y cambiará parte de la vida en este desierto, con ella no habrá tanta dependencia de los cristales azules y las personas podrán estar en espacios cerrados con temperaturas más agradables. Así salvando muchas vidas y haciéndolas más fácil de llevar en este hostil desierto.

Elliott no sabía en que pensar, una maquina así parecía un invento imposible, demasiado irreal y bueno para ser cierto, toda su vida había sufrido el inclemente y hostil calor de Zal, siempre necesitando de los codiciados cristales para sobrevivir a su directa exposición. No creía mucho en la historia de Clarke, pero al mismo tiempo ver el rostro de ese hombre que había dicho todo esto mostrando determinación, confianza y seguridad; creaban una pequeña duda en el elfo. En un mundo donde la magia existe, ¿Podría ser un invento mecánico como el aire acondicionado tan impensable?

Elliott decidió por esta vez confiar en el humano que estaba tan decidido por salir y lograr justicia y terminar su proyecto, que acepto en ayudarle —Un invento así, sin dudas hace falta, si lo que dices es cierto, creo que quizás puedo ayudarte humano, no es barato pero seguro podemos llegar a un acuerdo. Conozco a un hábil sujeto que puede sacarnos de aquí y a un buen grupo de mercenarios y guerreros que podrían detener a todos estos captores y darles su merecido, y aún más si hay un pago envuelto.

—¿Qué tienes en mente? — Pregunto Clarke, listo para proceder con cualquier plan que tuviese el elfo para el escape.

—Fácil, aquí tienes al más hábil elfo en asuntos de escape que Zal allá tenido, y cuento con el apoyo de estos cinco Vor`shak que estarían dispuestos por unos grandiosos cristales azules a salir de aquí y darles una paliza a esos secuaces de Asher que nos capturaron.

—Ya va, ¿Conoces a Asher?

—¿Quién no? Esa escoria se encarga de jugar sucio y acabar con cualquiera que se interponga en su negocio de cristales. Estoy seguro de que un invento como el tuyo le volvería loco. Es más, estoy completamente seguro de que es por eso por lo que estas encerrado aquí. Pero no te preocupes, planeo darle una visita con todos estos Vor`shak al liberarnos.

Clarke quedo sorprendido, no esperaba conseguir gente afán en también querer detener las fechorías de Asher, sin dudas era un alivio saber esto, pues, jamás podría terminar su proyecto del aire si Asher volvía a querer sabotearlo.

—En fin, saldremos de esta jaula y liberaremos a los otros Vor'Shak, con un grupo así de grande, encerraremos a todos estos captores e iremos a la base de Asher para darle su merecido, robarle sus cristales y todos felices. La verdad es que me capturaron intentando conseguir información y cristales en uno de sus asentamientos antes, pero me ha dado la oportunidad de conocer unos cuantos sujetos afines a querer hacer lo mismo. Y ahora que tu estas aquí. Si nos ofreces todos tus cristales del bolso quizás podamos tener la prueba tangible que conseguiremos más de los botines robados de Asher y su gente.

Clarke analizó la situación y dijo —Tienes un trato, saldremos de aquí a salvo, luego iremos donde se encuentra Asher y tu junto a los Vor'shak le darán un poco de justica callejera.

—Así será humano, tu tranquilo que este plan es a prueba de fallas y una celda como esta no es impedimento para el gran Elliott, astuto surcador del desierto y cazador de tesoros. Tu espera a mi señal y saldremos juntos de aquí.

—Está bien Elliott, esperare a tu señal. Por cierto, mi nombre es Clarke. Gracias por ofrecerte a ayudar.

—Un gusto hacer negocios contigo Clarke —dijo Elliot que se dirigió con los Vor`shak para contarles de su plan de escape y del botín de cristales azules que Clarke les había ofrecido.

Luego de esa conversación, todos en la jaula guardaron un gran silencio y calma para que se presentara la oportunidad de escape. Clarke estaba atento, pero completamente sin idea de cómo sería el escape. ¿Atacarían a un guardia y le quitarían la llave? ¿Elliot estaría esperando refuerzos? O ¿Quizás tenía un poder mágico? Todas las preguntas rondaban la cabeza de Clarke, aunque tenía una cosa clara. Al momento de actuar y salir corriendo tendría que estar listo para lo que fuese. Salir vivo y junto a Rex era su prioridad. Clarke se encontraba sentado mirando a su amigo desde la otra jaula aun inconsciente pero vivo. Sentía culpa y pena por él y por qué por su culpa le había arrastrado a esta situación, pero, por lo menos ahora le podía ver sintiendo una pequeña pizca de esperanza, pues, iba a hacer lo que fuese para reparar la situación y hacerse cargo de las consecuencias que habían originado sus actos.

Las horas pasaron y todos en la jaula mantenía la calma menos Clarke, que no había querido dormirse esperando que la oportunidad de escape se presentara y estar 100% atento. Sin embargo, durante estas horas de espera, pensó muchas veces en Rex y en los demás. Esperaba que estuviesen bien y que Asher no les tuviera una sorpresa para ellos también. Sabía que tenía que salir de aquí, resolver el asunto con Asher y contactarles al lograr volver a Zira.

Pasaron otras horas y ya casi era atardecer. En ese momento un guardia que paseaba con un Sharq se acercó a la jaula con las sobras de lo que parecían partes del cuerpo de un Vor'shak y las lanzo, cayendo con el contacto directo de la arena dentro de la jaula. Clarke se disgustó al ver que daban sobras ruñidas de un antiguo preso y pensaba que eso mismo pudiese pasarle a él o a Rex. Elliott en cambio, se acercó a los pedazos lanzados en el piso y empezó a devorar uno antes de cederle lo demás a los otros Vor'shak que al parecer tampoco iban a desperdiciar esa dosis de proteína.

Mientras comía, lo que parecían ser unos dedos, Elliott noto como Clarke le miraba con disgusto y dijo aun con carne en la boca — Oye, de verdad si debes tener muchos cristales y una vida privilegiada si nunca has tenido que atender tu hambre con lo que sea.

—Pues, creo que soy alérgico a eso - respondió Clarke de forma evasiva para no dar más explicaciones.

Elliott termino de limpiar el dedo que se comía, y dejo en él una afilada pesuña — oye Clarke, estoy listo para el escape. Sígueme —murmuro mientras se chupaba los dedos y daba señal a los Vor'shak de que iban a escapar.

Clarke se puso alerta y noto como Elliott habilidosamente utilizaba la garra del dedo que se comió para abrir la cerradura de la puerta, una vez sonó el "clic" seguido por el candado cayendo al piso. El elfo abrió la puerta con cuidado y le hizo señas a Clarke de que anduviera cerca y agachado.

Los soles se ocultaban y la luz empezaba a dar paso con su doble atardecer a la oscuridad sin luna de Zal. Elliott estando cerca de Clarke le dijo —ahora escúchame bien. Esta parte es crucial. Ahora estamos todos juntos y los guardias ni se han dado cuenta. Pero cuando yo tome la bolsa de los cristales todo se ira al caos. Observa bien por donde me muevo, te pasare las llaves que consiga para que me ayudes a abrir las jaulas, si no logramos abrirlas antes de que los guardias nos superen y los cinco Vor`shak no nos puedan proteger más, puedes darte por muerto —seguido de esto, Elliott se separó de Clarke sin ni siquiera confirmar la cara de dudas y nervio que esté tenía.

Elliot fue en silencio y de esquina en esquina moviéndose hasta llegar a la bolsa de los cristales que varios de los guardias tenían custodiadas. El elfo antes de acercarse por completo, visualizo en una esquina a un guardia distraído, al parecer durmiéndose. Aprovecho esa oportunidad y por la espalda tomo una daga que tenía el guardia en su funda y cuando esté se dio cuenta, ya era tarde. Elliott le había clavado la daga desde la mandíbula al cerebro evitando hacer algún ruido.

Clarke vio desde lejos el ataque con disgusto, mientras Elliott se volteaba a él dándole un gesto con el pulgar de que todo estaba bien. El elfo continuo con sigilo desde una esquina observando a los guardias que se movían y bailaban alrededor del bolso, apenas vio la apertura lanzo la daga ensangrentada a la cabeza de uno de esos guardias y corrió lo más rápido que pudo y deslizándose sobre la arena para tomar el bolso y cerca de él, unas llaves de algunas celdas.

Clarke se sorprendió de lo rápido que se movió el elfo. Fue tan rápido que los guardias reaccionaron cuando ya Elliott corría con la bolsa en mano a unos cuantos pasos de distancia. En ese momento las alarmas se activaron y todos en el campamento cogieron sus armas, listos para capturarlos de nuevo vivos o muertos. (Con más oportunidad de que fuese muertos para que no escapasen).

Clarke volteo a ver dónde iban los Vor'shak, todos habían cogido armas y se preparaban para proteger a Clarke y pelear con los guardias. Elliott en ese momento le lanzo a lo lejos las llaves que tenía a Clarke y siguió corriendo por el campamento en búsqueda de más llaves.

Clarke con las llaves en la mano, levanto su mirada y veía como los guardias con gran ferocidad se dirigían hacia el con la cruda intención que se proyectaba en cada uno de ellos, de querer cortarle en pedazos más pequeños que los granos de la arena.

Los nervios invadieron a Clarke, que por un momento se quedó inmóvil dando la oportunidad para que uno de los guardias levantara su cimitarra y la blandiera en dirección a su cuello. Por suerte, uno de los Vor`shak logro bloquear el ataque con una hacha y volteo diciéndole rápidamente a Clarke —¡humano espabila! ¡Nos mataran a todos si no logras abrir esas jaulas rápido!

Clarke reacciono e inmediatamente corrió entre el caos de los guardias intentando atraparle y golpearle y los vor`shak que luchaban para protegerle. Cuando por fin llego a la primera jaula más cercana, rápidamente intentaba abrirla con el juego de llaves que tenía en sus manos.

Su pulso no era del todo certero y los nervios le generaban unos temblores muy intensos. Sentía el desespero de los vor'shak que hacían presión para ser liberados y un frio intenso en la parte posterior de su cuello, con la ansiedad de que, en cualquier momento, el frio filo de alguna arma cortante podía impactarle si los vor'shak que le protegían eran vencidos.

Las llaves caían varias veces sobre el piso, resbalándose de sus sudorosas y temblorosas manos, pero con perseverancia, Clarke logro dar con la llave que abriera la primera jaula y más vor`shaks salieron de esta para unirse a la lucha. Algunos lograban agarrar armas y enfrentar a los guardias, pero otros eran heridos o asesinados en ese proceso. Aún faltaban más refuerzos para tomar el control del campamento. Sin perder más tiempo, Clarke se movió para el próximo más lleno. Aun no quería abrir la jaula de Rex, pues sabía que mientras Rex estuviese en la jaula no tendría que pelear y ponerse en riesgo.

Clarke corrió y logro abrir la próxima jaula. Con cada Vor`shak que salía de esta, era un gran alivio y un peso menos para él, con esto, su pulso se mejoraba y podía abrir la próxima con más agilidad y velocidad. El campamento cada vez estaba más cerca de caer en el control de Elliott y los Vor`shak que eran prisioneros.

Cuando por fin, Clarke había abierto casi todas las jaulas, se podía notar en el campamento un mayor silencio, sepultado entre pocos sonidos de batalla, gemidos de dolor y suspiros de la respiración agitada de todos los que se habían involucrado en la sangrienta revuelta. Clarke se acercó a la última jaula y allí pudo ver a su amigo Rex que empezaba a recuperar su consciencia tras todo el alboroto de la batalla. Al lograr abrirse esta jaula, los últimos vor'shak salieron y Clarke entro en ella para acercase a Rex y darle un fuerte abrazo.

—Lo siento mucho amigo, disculpa por no haberte echo caso y habernos dejado capturar. Ya los voy a sacar de aquí. ¿estas bien? — dijo Clarke con honestidad y preocupado por el estado de su amigo.

—Estoy bien Clarke, un poco de dolor de cabeza, pero no entiendo bien que está pasando ¿tu causaste esta revuelta? ¿Qué hacemos?

—Ya todo parece que empieza a estar bajo control, logre sacarnos de aquí con ayuda de un elfo. Tu tranquilo, sígueme y te iré explicando.

Así, Clarke fue explicándole a Rex lo sucedido durante este tiempo que estuvo inconsciente y cuál era el próximo plan de dirigir este grupo de vor'shaks junto con Elliott, hacia la base de Asher, detenerlo y volver a los restos de la máquina para volver a construirla.

Cuando la batalla termino, muchos de los guardias yacían muertos sobre la arena y otros se sometían a la merced de los Vor'shak quienes esperaban las nuevas órdenes de Elliott, que se ubicaba sobre una mesa en el centro del campamento, cubierto con sangre de la batalla, una daga en una mano y el bolso con cristales azules en la otra — ¡Atención a todos! Este campamento se ha liberado gracias a las acciones del gran Elliott y los vor'shak que me ayudaron. Todo el botín que encuentren será suyo, ¡pero les advierto! Si creen que eso es todo lo que esta revuelta y violencia pudo ofrecerles, no es sino las migajas. Hay más, ¡mucho más! En la base del líder de este grupo de agresores que nos tenían capturados. Si me acompañan a darle una lección que nunca olvide, riquezas como estos cristales azules que tengo en mis manos y mucho más será accesible para ustedes. ¿Qué me dicen? ¡Venzamos a Asher y hagámonos con su tesoro! — Elliott termino sus palabras con el puño en alto mostrando mucha energía y confianza. Sin embargo, los vor`shak estaban aun reservados de seguir a un elfo.

Entre la multitud que se quedaba en silencio, uno de los vor`shak más fornidos y con rasgos de batalla dio un paso al frente y dijo — Hablas bien elfo, pero los vor`shak no se engañan con palabras débiles, no mereces que te siga a ningún…

En ese momento Elliott interrumpió al vor`shak lanzándole el cuchillo que tenía en mano y asestando un preciso golpe en su ojo derecho, donde se enterró toda la hoja del arma y dejo al vor`shak tieso en el suelo.

Todos los demás Vor`shak se vieron entre si. Clarke también quedo impactado de la impresión sobre como reacciono Elliott ante ese comentario del vor`shak, pero, a los pocos segundos de este aturdidor silencio, todos los vor`shak alzaron sus brazos y gritaros emocionados "¡Si! así se hace, por el tesoro, por la venganza y la gloria de batalla te seguiremos, Elliott"

Elliott sonrió de forma perspicaz y bajo de la mesa tomando un trapo y limpiándose la sangre que tenia de la batalla con este; se acercó a Clarke y le dijo — Muy bien, te las manejaste correctamente para abrir las jaulas y que el plan funcionase, ahora, si te quedas conmigo, nos dirigiremos de inmediato donde Asher, queda lejos, cerca de la aldea de Hardwind, pero será mejor llegarle de sorpresa antes de que se entrere que nos escapamos y con ayuda de estos cristales, no será ningún problema llegar allí rápido y sin ahogarnos del calor.

Clarke asintió estando de acuerdo con la lógica de Elliott, además, Rex a su lado le apoyaba y junto a ese enorme grupo de Vor`shaks, le parecía un plan bastante factible.

Así fue, como Clarke inicio su marcha en medio de la noche, junto a un intrépido Elfo, Rex y un gran número de Vor'shaks. Estarían llegando a la aldea de Hardwind para el amanecer. El equipo se sentía fresco de dormir todas esas horas en la jaula y aunque Clarke no había casi descansado por estar alerta, estaba bastante motivado a zanjar estos asuntos y poder volver con su equipo de Zira a armar la nueva máquina si aun el tiempo le permitía, pues ya habían transcurrido ocho meses y sabía que sin la maquina ni los planos, tendría que ir todo muy bien para lograrla construir antes de que el tiempo de un año que el Dr. Lee había puesto se terminara.

Capítulo 15: Malas Intenciones.

Empezaba a amanecer y sobre las arenas de Zal, se encontraba un grupo conformado por un Humano, un Elfo, un Sharq y un gran número de Vor'shaks en camino hacia la aldea de Hardwind, donde confrontarían al causante de tantos problemas para Clarke. Un sujeto capaz de avivar el infernal calor del desierto por la codicia del dinero y el poder. No dejaría que el aire acondicionado se construyera, ya que no querría ningún cambio a su sistema de vida auspiciado por el monopolio de cristales. Ese era Asher, y su nombre era lo que ocupada la mente de Clarke durante toda esa caminata.

A pesar de que Clarke no fuese un guerrero, ya había pensado sobre volver a la aldea de Zira primero por más refuerzos, pero los Vor`shak se negaban a esperar o repartir el botín con más personas. Además, Rex a pesar de tener un muy buen olfato, no lograba ubicar la aldea de Zira desde tan lejos, no había un rastro claro que los llevara hasta allá y menos si no contaban con cristales azules para sobre llevar el inmenso calor por un largo periodo. Al final, como la situación se presentaba, lo mejor era seguir a Elliott hasta Hardwind, acabar con las fechorías de Asher y volver con Halsin para retomar sus planes.

Llevaban un par de horas caminando, y alrededor del grupo, varios cristales se habían utilizado para amortiguar el calor. Los indicios de la ciudad de Hardwind empezaban a asomarse a medida que avanzaban por el desierto, ahí, ante la vista de la ciudad, Elliot le dijo al grupo —Ya nos estamos acercando, ya cada uno sabe que hacer, el plan que discutimos en camino depende de que todos hagan su parte — en ese momento presto especial atención con su mirada a los vor`shak.

-—No se preocupen por nosotros. Hagan su parte y consígannos los cristales con los que nos van a pagar — respondía uno de los Vor'shak más corpulentos con su voz serpentina.

El grupo durante la noche, mientras recorrían el desierto, trazo un plan de acción. La idea era conseguir que Asher no interfiriera más con los planes de ninguno de los miembros del grupo y que, además, se hiciera cargo de los daños causados. Elliott que ya había conocido la aldea de Hardwind sabía que no podría entrar este particular grupo sin llamar la atención de los guardias. Para eso los Vor'shak se separarían en dos grupos; los más rápidos distraerían a los guardias de la ciudad y evitarían hacer daño para no caer en enemistad con la ciudad entera. Por otra parte, el segundo grupo de los más fuertes vor`shaks junto con Rex, Clarke y Elliott se infiltrarían en la base de Asher y le darían su merecido además de asegurar un buen botín para todos.

Con este plan en mente y llegando a las cercanías de la aldea, los Vor'shak se dividieron y un grupo se fue por los costados, mientras otro se quedaba detrás de la primera duna esperando la señal de Elliot para ingresar en la acción. Elliott sabía que esta era una aldea de Enanos y raramente entraba algún forastero de otra raza sin la compañía de otro enano. Los guardias siempre seguían ese patrón para atrapar a cualquier forastero que no siguiese las costumbres y cultura del lugar.

Desde lejos, mientras se acercaban, Clarke noto como los guardias que cuidaban las afueras los vieron venir. Las dunas de arena no eran exactamente el mejor lugar para pasar desapercibidos. Y una vez te encontrabas bajando la última de ellas, era un camino plano hacia la ciudad, sin sombras ni arboles donde ocultarse. Clarke y Elliot caminaban de forma normal, aunque ya podían sentir las ballestas enanas apuntándoles desde lejos.

—Actúa normal Clarke, ni se te ocurra correr— dijo Elliot en mormullo.

—Esto no pinta bien Elliott, quizás sea mejor decirles que vengo de parte de Halsin en vez de esperar por los Vor'shaks. Quizás así nos dejan pasar sin problema — respondió Clarke un poco nervioso.

—Bueno, eso podría ser un buen plan si no fuese porque apenas me vean. Van a querer cortarnos las cabezas. A demás, que en la aldea de Hardwind no se aceptan vor`shaks sin marca de enanos. — dijo Elliott

—¿Cómo así? ¿A qué te refieres con que te vean?

—Es una larga historia, pero vamos a decir que en Hardwind no soy bienvenido. Y todos saben que los Vor`Shak son unas bestias sin control a menos que los tengas marcados como esclavos o sujetos bajo la promesa de un botín como los mercenarios que son.

Clarke se molestó en saber que Elliott se había reservado detalles de importancia que para el plan que estaban a punto de llevar a cabo, en vez de resolverlo, podía complicarlo aún más y dijo — Pudiste habérmelo dicho Elliott.

—Nunca preguntaste. Pero da igual, ya estamos aquí.

Clarke resentido, decidió que ya era muy tarde para dar marcha atrás y obvio su incomodidad para centrarse en el momento. Noto que también, para lo altamente conversador que era Rex, estaba muy callado y atento a la situación.

Los tres se encontraron cerca de la aldea y de frente a un guardia que se les acerco de frente y diciendo — Oigan ustedes tres, elfo, sharq y humano, ¿que vienen a hacer en Hardwind? Espera un momento.... - El guardia se quedó mirando a Elliott detallándolo.

En ese instante desde un costado se deslizo rápidamente uno de los Vor'shak que, como tiburón, surgió desde abajo de la arena y ataco al guardia. Al mismo tiempo, se escuchaban en otros lugares y a otros guardias que sufrían la misma sorpresa a manos del grupo de Vor`shaks que se encargaban de la distracción.

—Justo a tiempo - dijo Elliott mientras le hacia un gesto de "nos vemos luego" al Vor'shak y guiaba a Clarke y a Rex por la ciudad.

El Vor`shak le realizo rápidamente una llave al cuello al guardia, que le dejo inconsciente pero vivo y volvió a sumergirse bajo la arena para continuar con su trabajo de distracción.

Mientras se movían entre los callejones de la aldea, Elliott dijo —Ese tal Asher, es un hombre poderoso, pero de asuntos turbios, su base se encuentra en la parte más mala de la ciudad. Esa la conozco bien. Sígueme el paso Clarke.

Se oían varios guardias corriendo entre callejones con sus pesadas armaduras detrás de los Vor’shak, pero por alguna extraña razón no habían activado las alarmas.

—Qué raro que no han activado las alarmas - dijo Clarke con curiosidad.

—Estos Enanos son muy orgullosos, jamás activarían sus alarmas por unos pocos lagartos corriendo. Con suerte, cuando demos la señal para que el otro grupo llegue a la base de Asher, ya los guardias de la ciudad estén en otros barrios detrás de los otros vor`shaks. Lo más seguro es que los intenten atrapar sin hacerlas sonar. - respondió Elliott mirando entre callejones mientras avanzaban con cautela.

Por fin, llegaron a una zona que parecía ser un gran taller de distribución de cristales de todo tipo había muchos kuras de Carga que eran desmontados y cargados con cajas que llevaban el sello de un monte de cenizas con la palabra "Asher". Al parecer, era un sujeto muy orgulloso de su negocio y marcaba todo en su propiedad, incluyendo las criaturas que trabajaban para él.

El pequeño grupo tenía que ser muy cuidadoso, ahora la presencia de soldados de la ciudad era muy poca pero la seguridad privada de Asher, ocupada principalmente por Orcos y enanos hacia impensable realizar un ataque directo sin el factor sorpresa. Primero tenían que descubrir si Asher estaba presente y donde.

Elliott encontró la situación muy difícil, casi en todos lados se encontraba un par de ojos mirando a sus alrededores. Sin embargo, la astucia del elfo le permitió idear un plan — Clarke veo que la única manera de llagar al edificio central será por los tejados, tú y yo iremos por allí, para Rex eso será imposible, pero no te preocupes. Aquí nadie le prestara atención a un solitario sharq, así que Rex, mantente a nuestra vista para que nos asistas en caso de necesitarlo.

Rex asintió y se dispuso a caminar con naturalidad en un rango de visión claro para dar señas de las patrullas a sus dos compañeros.

Elliott que llevaba los pasos delanteros, guiaba a Clarke por las zonas más fáciles de escalar y acceder a los tejados. Clarke notaba como el elfo era un escalador nato, haciendo ver fácil el esfuerzo físico de subir por pequeñas salientes de las piedras que decoraban los edificios. Clarke batallaba con el agarrarse correctamente y no resbalarse, pero, para su suerte, Elliott era consciente y le ayudaba en todo momento. Al parecer este elfo pillo no era del todo egoísta o desinteresado como parecía.

Ya en los tejados, no se encontraban guardias ahí arriba, así que solo tenían que moverse agachados y asegurarse de que no los vieran desde abajo.

Entre saltos y movimientos rápidos, los dos lograron llegar al edificio central, este era enorme y tenía dos pisos que se marcaban en la decoración del edificio con un borde de losas de piedras. Elliott al verlas supo aprovecharlas ya que tenían suficiente espacio para sus pies. De esta forma, el dúo se dispuso a caminar pegado a la pared del segundo piso, apoyándose en estas losas y observando desde las distintas ventanas el interior del edificio.

A través de los cristales lograban ver que el interior era un gran almacén de distribución de cristales, dentro, se veían líneas de empaquetado muy ocupadas por trabajadores y guardias. Ninguno de ellos parecía ser Asher pues, la mayoría poseía marcas de esclavo y otras ropas comunes, los guardias poseían uniforme y por lo que conocía Elliott, este sujeto Asher, era una persona vanidosa y que le gustaba demostrar su poder en base a sus riquezas. Así que identificarle no debía de ser un problema.

Los dos infiltrados, continuaron buscando de ventana en ventana con mucho cuidado de no caerse o llamar la atención. A sus espaldas Rex desde abajo, vigilaba si alguien les descubría para rápidamente alarmarles.

Pasadas un par de ventanas luego, el dúo logro hallar con una ventana de donde Clarke pudo observar algo que le llamo la atención. Observo a Asher hablando con una mujer de rostro tapado. Estaban sentados de frente con una mesa en medio. Sin ser descubierto, se dispuso a escuchar dándole una señal a Elliott para que no hiciera ruido.

— La aldea ha vuelto a estar en calma nuevamente, no se ha oído rumores ni preguntas sobre el equipo que se perdió en el incendio. Por los momentos todos creen que lo que se calcino bajo el fuego eran máquinas de distribución eléctrica y cristales que estaban almacenados. Además, ya los enanos de Halsin no están más por el lugar. Y me imagino que ya te encargaste de los dos cavos sueltos, ¿Verdad? — dijo la mujer.

— Claro que sí, como siempre, me encargue del trabajo sucio y arme a un grupo de súbditos para que les emboscaran. En este momento, deben de estar siendo vendidos por el precio más bajo al paradero más lejano del desierto. No entiendo porque me insististe tanto en que no los matase, hubiese sido más rápido. — Dijo Asher hablando frívolamente.

— No los conoces, pueden que hayan sido una molestia, entrometiéndose en asuntos que no debían, pero Rex y Clarke no son malos sujetos y me da pena que les tuviese que hacer esto, pero, nuestro trato de las minas y sus cristales no puede parar. Tu como yo sabes que, en este desierto infernal, no existe nada mejor que el control y poder. Así que como siempre, cuentas conmigo en mantener las cosas como en todos estos años hemos hecho, Asher.

— Claro que si Marcela, tu seguirás con el control de la aldea de Zira, encontrando nuevos trabajadores y esclavos para mis minas y yo me dedicare a protegerte y pagarte bien. Ningún invento estúpido lo va a parar ahora. Y el entrometido de Halsin debe de querer arrancarse sus cabellos. No me imagino su cara al saber que perdió todos esos recursos y ni rastros ni pruebas de ello. Hahaha— termino

Asher con una gran carcajada y acompañado por Marcela que también reía.

Clarke quedo totalmente impactado, no lo podía creer, la persona que le recibió en la aldea, con la que había compartido comidas y secretos como la construcción de la máquina. Todo este tiempo, detrás de su sonrisa, ocultaba las intenciones de no querer ayudarle. Parecía que ella solo le había aceptado por que lo vio joven y capaz de trabajar en las minas.

Clarke se sentía como un completo iluso, y con toda esa impresión de golpe se había distraído y perdió el equilibrio. En ese momento, Elliott reacciono rápido y sujeto a Clarke de la ropa aguantándolo de caerse, pero haciendo mucho ruido al golpear y reventar una de las losas donde se estaban parando.

Rex observo el accidente y noto con el ruido como los Sharq enemigos cercanos se percataron y observaron al elfo y al humano en una situación comprometedora. Ya los habían descubierto.

— ¿Que carajos te sucede Clarke? No te distraigas, que se nos va a escapar Asher antes de que podamos hacer algo.

Elliott observo por la ventana y se dio cuenta como Asher y Marcela se ponían de pie, alertas y activaban todas las alarmas de la habitación. De inmediato todos los trabajadores y guardias tomaron armas y siguieron sus protocolos de seguridad que consistían en reducir la amenaza.

Clarke se recompuso y observo como Rex entre todo el ajetreo le miraba nervioso y salió corriendo del lugar, siendo perseguido por un par de Sharqs hostiles. — ¿Ahora que Elliott?

—Bueno, ya que llegamos a esta situación, daré la señal, iré tras de ti cubriéndote y atraparemos a Asher, él no es un guerrero, es un sujeto demasiado acostumbrado a la buena vida, no supondrá un reto para que tú le atrapes le des una buena lección y nos larguemos con lo que encontremos. Los Vor`shak guerreros generaran un buen caos y distracción para nosotros.

Dicho y hecho, el elfo puso dos dedos dentro de su boca y silbo con gran fuerza, el sonido casi ensordecedor alcanzo varios bloques de distancia y los Vor`shaks que se encontraban en las afueras del lugar corrieron hasta su posición dispuesto a pelear a muerte contra quien se les opusiera.

Clarke un poco aturdido por el fuerte sonido, rompió la ventana con un martillo de batalla que le habían dado y junto a Elliott entraron a la habitación donde se encontraban Asher y Marcela.

— No puede ser, ¡Clarke estas bien! ¿Como llegaste aquí? — dijo muy sorprendida Marcela.

— Déjate de juegos Marcela, ya se quién eres en realidad y cuales eran tus planes. Que decepción. Ni siquiera piensas en el bienestar de tu pueblo o el futuro de tu hija.

— Clarke no vengas a decirme nada de decepciones si tú eres un extranjero que en su vida ha conocido la realidad de este mundo, lo que es crecer en él, dependiendo de un cristal tan codiciado que gente fuera del orden que cree en la aldea, se matan todos los días por un pequeño fragmento. Tu no sabes los sacrificios que hice para estar donde estoy y jamás me atrevería a que nada ni nadie los pongan en riesgo. Saraí vive una vida de privilegios gracias a mí. Debiste por tu bien, quedarte en tu mundo. — Seguido de esto, ella le dio una señal a Asher quien abrió una escotilla bajo sus pies y de ella salieron varios guardias armados.

— Supongo que ahora marcela, no te opondrás a que mate a estos pobres infelices — Dijo Asher con una sonrisa.

— No, solo asegúrate de que sea rápido y limpio, no puede haber rastros de esto fuera de aquí — dijo marcela con voz firme, pero en un momento que veía a Clarke, miro al piso, evitando contacto visual.

— Elliott supongo que esto lo preveías en tu plan también, ¿vedad? — dijo Clarke nervioso mientras estaba en guardia con su martillo de batalla en alto y cerca del elfo.

— Ya deben estar por llegar los refuerzos — murmuro Elliott mientras tenía sus espadas cortas desenfundadas y listo para la acción.

En ese instante, los guardias de Asher atacaron primero lanzando goldes de tajo con sus espadas. Elliott que era muy rápido y atlético cubrió los dos golpes con sus dos espadas, protegiéndose él y a Clarke, a cuál miro con cara bastante seria e ínsito a que contratacara.

Así, Clarke se dispuso a golpear con su martillo como cuando tenía que retirar máquinas de aire viejas que estaban sobre un bloque de concreto viejo, golpeando estos bloques con todas sus fuerzas con el martillo. De esta misma manera logro golpear a uno de los guardias que del impacto quedo fuera de combate.

— Muy bien Clarke, ve y atrapa a Asher, dale su lección, consigue donde guarda su caja fuerte y déjame el resto de los guardias a mí. ¡Ve! — Dijo el elfo con energía y dándole un corte profundo al otro guardia que caía fuera de combate. Sin embargo, más y más guardias empezaban a llegar.

Asher en ese momento decidió empezar a correr por una puerta trasera que tenía en su oficina y Marcela a bajar por la escotilla de donde venían los guardias.

Clarke pego unos saltos por la habitación para evitar el enfrentamiento con los guardias, moviéndose sobre la mesa del medio de la habitación y saltando de esta hacia la puerta por donde huía Asher, sin embargo, uno de los guardias más altos, un Orco logro agarrarle y derribarlo al piso.

Clarke rodo y con su martillo en alto bloqueo un golpe del hacha que este orco tenía. El impacto fue tal, que el mango de madera del martillo de Clarke quedo pegado al hacha y cuando el orco la levanto, levanto con ella el martillo de Clarke y a este que se mantenía firmemente sujeto a él.

Elliott rápidamente acudió en rescate de Clarke, pero otros guardias le tenían bloqueado el paso y no le dejarían pasar sin antes enfrentarse a muerte.

El orco rugía con furia mientras agarraba a Clarke con su mano libre por el cuello y le estrangulaba mientras le levantaba por el aire. Clarke forcejeaba inútilmente mientras intentaba sujetarse del brazo del orco para no aguantar todo su peso en su cuello y al mismo tiempo lanzaba patadas que no eran muy efectivas.

Elliott notaba con Clarke se encontraba en aprietos, pero también el mismo se encontraba en apuros, estaba recibiendo más golpes de los que podía bloquear y ya tenía unos cuantos moretones y cortadas causadas por las distintas armas que tenían sus adversarios. Por suerte y de repente, los Vor`shak que estaban esperando la señal por fin llegaron al lugar y entraron al edificio de todas las formas y lugares posibles, incluyendo las ventanas de la habitación que empezaron a romperse y dar paso a estos reptilianos seres.

En ese momento, Elliott se pudo dar el lujo de lanzar una de sus dos espadas en dirección al orco que estrangulaba a Clarke y le legro asestar el golpe en el cuello, cortándole una arteria. De inmediato, el orco soltó a Clarke que cayó al suelo tosiendo y dando bocanadas de aire como si no hubiese podido aguantar ni un segundo más, estaba en su límite. Pero, Clarke, aunque bastante conmocionado, estaba decidido, no podía darse el lujo de perder a Asher. No había llegado tan lejos como para perder esta oportunidad.

Clarke se levantó con el hacha del orco y se encontró con otro de los guardias, se dispuso a correr en dirección a donde Asher había corrido y para quitarse al guardia de encima, le lanzo con todas sus fuerzas el arma. No le dio un golpe mortal, pero si logro acertar con suficiente fuerza para aturdirle y pasar corriendo por encima de él.

La situación crítica había cambiado, ahora todos los guardias se encontraban ocupados batallando en el caos contra los Vor`shak que también eran hábiles guerreros.

Entre los distintos pasillos, Clarke empezó a ver a Asher en frente, este sujeto no era muy atlético y hasta tenía un poco de sobre peso así que no había corrido muy lejos y de paso, con lo poco que había corrido ya mostraba signos de agotamiento.

Clarke acelero sus pasos con el ímpetu de victoria y como si jugador de futbol fuera que tacleaba al jugador del equipo contrario antes de que lograse hacer un *Touch Down*. Clarke se impulsó con todas sus fuerzas y alcanzo al enano que justo corría en frente de una puerta que se abrió del impacto y los llevo en caída por unas escaleras que daban al exterior.

Clarke no había visto a donde llevaba el camino detrás de la puerta hasta que era muy tarde y se encontraba con Asher, cayendo por las escaleras y rodando hasta el patio exterior del edificio.

Rodaron por al menos 15 escalones y cayeron sobre el suelo arenoso del patio, ahí, varios

Vor`shak se encontraban peleando contra los guardias. Clarke en el piso y fuertemente golpeado intentaba ponerse de pie mientras que veía a Asher que se encontraba de igual manera.

Clarke lleno de adrenalina empezó a levantarse, pero un gran dolor electrizante le dejo paralizado. Este dolor provenía de su mano derecha que al parecer se había fracturado en la caída. Definitivamente no podría apoyarse en ella. Sin embargo, aun Clarke no se permitía dejar escapar a Asher que ya se había levantado, jadeando y bastante cansado, pero mostrando una determinación a escapar.

Clarke se logró poner de pie, tembloroso y aguantando un inmenso dolor y grito — ¡No te vas a escapar Asher! No te lo permitiré. Este dolor no se compara con el dolor del fuego quemando tu cuerpo, tus sueños y futuro. ¡Me las pagaras!

—¿Que te pasa humano? ¡Estas completamente loco! ¡Aléjate de mí! Este asunto nunca fue personal, solo era asunto de negocios. — decía Asher mientas corría torpemente.

Clarke siguió corriendo detrás de él, lanzando un fuerte grito para hacer frente al dolor y ayúdense a tomar las fuerzas para alzarse y atrapar con su mano izquierda a Asher, a quien tomo de la ropa por la espalda y con una pierna tumbo al suelo. Allí, Clarke se puso sobre Asher, con sus piernas atrapando los brazos de Asher con presión entre ellas y el torso del enano. Ahí le asesto un sólido golpe de izquierda en la cara a Asher que le dejo con la visión obnubilada y sacudió por completo.

—¡No te vuelvas a interponer en los proyectos que ayudan a las personas! — dijo Clarke, luego asesto otro golpe contundente con la única mano que le quedaba para golpear —¡No vuelvas a cruzarte en mi camino ni en mis planes! — y con un golpe más de izquierda Clarke dijo —¡Te encargaras de pagarme todo lo que me arrebataste y de financiar con creces el proyecto de nuevo!

Asher no respondía, mientras estaba tirado en el suelo bajo la presión que Clarke ejercía sobre su cuerpo. Pero, tras el tercer golpe que recibió y escuchar las palabras de Clarke, el enano empezó a reírse.

En ese mismo instante, los alrededores del edificio y el patio, alarmas empezaron a sonar y varios guardias no de Asher, sino de la ciudad de Hardwind empezaron a llegar cabalgando sobre sus monturas listos para detener el caos.

Al escuchar estas alarmas, todos los vor`shak capaces de moverse, empezaron a huir del lugar, algunos soltaban sus armas en retirada y otros salían del edificio con bolsas y cajas llenas de cristales que habían saqueado. Entre esos sujetos que huían del edificio, Clarke logro observar a Elliot que cargaba una gran bolsa de cristales y que logro hacerle contacto visual, despidiéndose con un movimiento de manos de Clarke y huyendo también de la escena.

—Tu suerte se ha acabado humano, todos tus aliados te han abandonado y los guardias de la ciudad me creerán más a mí que a ti, ya que llegaste sin invitación de un enano y causaste todo este alboroto. Quieras o no, he ganado —Dijo Asher ensangrentado, pero mostrando una sonrisa.

Clarke siguió observando a su alrededor con un gran sentimiento de desesperanza que creía con cada segundo. Se dio cuenta que había quedado prácticamente solo y que los guardias empezaban a rodearle. En estos instantes, no sabía con qué aliados contar y estaba claro que Asher no demostraba ni una pizca de arrepentimiento.

Por el desespero y con la necesidad de resolver su situación, Clarke se levantó rápidamente de Asher y empezó a correr para huir de los guardias. Pero su carrera se vio interrumpida por un abrupto jalón de su pie derecho. Asher le había lanzado una de sus cadenas de oro como lazo a la pierna y había logrado tumbar a Clarke, quien cayó sobre su brazo derecho ya fracturado. Esto le causo un inmenso dolor a Clarke que no pudo evitar gritar mientras se retorcía por el impacto.

—¡Oh si! Ahora ¿Quién ríe de ultimo Clarke? No suelo divertirme en contra de mis adversarios, pero he de admitir que tú has sido uno inesperado y muy divertido. Ya no tienes donde huir.

Clarke temblaba del dolor, pero sabía que tenía que librarse y huir antes de que fuese demasiado tarde. Intento pararse, pero su cuerpo entumecido ya casi no le respondía. Mientras alzaba la mirada buscando un escape, se percató de que Marcela se encontraba viéndole desde una esquina. Al pacer, se mantuvo en el margen del caos para escapar luego de que las cosas se calmasen.

Clarke se llenó de ira, pero también el dolor de su brazo fracturado le aturdía enormemente. Se encontraba cada segundo más rodeado por los guardias. Así que con un gran impulso que tomo convenciéndose de dar "un último esfuerzo", logro ponerse de pie y empezar a correr. Pero, fue inútil. Los guardias le lanzaron varias redes y estas al impactar le tumbaron nuevamente en el piso.

—Llegaron justo a tiempo guardias, este humano era el líder del grupo de mercenarios que atacaron mi recinto, al parecer querían afectar parte de la distribución de cristales de la ciudad, y por muy pesar mío, lograron hacerlo. Les recomiendo torturar a este humano para que nos revele cuanto antes donde está su grupo. — dijo Asher con una cara de alegría como si las heridas y golpes que tenía no le molestaran en lo más mínimo. Se podía ver que disfrutaba de la situación en la que tenía a Clarke.

—Alto guardias, soy inocente. Asher es un sujeto que me destruyo todo mi proyecto… —Dijo Clarke antes de ser interrumpido.

—Cállate humano, todo lo que digas será usado en tu contra ante el tribunal supremo de Hardwind, cualquier ofensa contra la ciudad será castigada bajo la pena de muerte.

Los guardias procedieron a levantar a Clarke y ponerle unos grilletes para apresarlo. Aunque en ese momento, los guardias se vieron interrumpidos por un grito que se acercaba.

—¡Alto! Ese humano está bajo mi protección y cuidado. Tengo ordenes mayores que me permiten hacerme cargo de él.

Cuando Clarke volteo a ver de quien se trataba, sintió el apoyo de su amigo Rex que se le había acercado corriendo y se apoyaba cerca de sus piernas. —Tranquilo Clarke, traje ayuda apenas sentí su olfato, disculpa que me demorara tanto y te dejara solo. Te ves horrible.

Clarke se arrodillo para abrazar a Rex, y apoyarse un poco en el por qué estaba completamente cansado y pudo ver que la voz que velaba por él era Halsin que se encontraba con Helmir, Björn, Balh, Harold y Manny.

—Como pueden ver, aquí tengo una carta que expresa claramente que el humano Clarke, es un invitado mío, y podrá acompañarme antes de presentarse en su juicio. — decía Halsin mientras mostraba la carta a uno de los guardias. —Pero, por otra parte, poseo una masiva de la corte suprema que exige la detención de Asher por traición al gremio enano y la ciudad de Hardwind como la de la humana Marcela por su colaboración en actividades que afectan directamente a uno de los miembros de la corte y a todo el gremio.

—¡Eso no puede ser! No existe prueba alguna para llegar a tales conclusiones, me rehusó —dijo Asher que se disponía a no dejarse apresar por los guardias, pero que rápidamente fue reducido y esposado.

Marcela vio con terror esta situación y empezó a correr entre los callejones de la ciudad. Björn que la vio correr grito a los guardias para que la atrapasen y en pocos minutos, dieron con ella y la apresaron.

Halsin se acercó a Clarke quien estaba sumamente agotado por los golpes y el dolor de sus heridas, y le ayudo a ponerse de pie —Clarke disculpa la demora, luego de lo que paso no sabíamos dónde estabas y suponíamos lo peor. Pero ya nosotros nos encargamos de esto y luego te explicamos. Primero déjame llevarte a un médico.

Acostaron rápidamente en una camilla a Clarke y este que no daba más, entre el dolor, sentía un alivio al ver como Asher y Marcela eran detenidos en contra de su voluntad. Al parecer, pese a como las cosas acontecieron. Se había logrado hacer justicia. Quizás ahora si pudiese construir su deseada máquina de aire antes de que terminase el plazo de los últimos 4 meses para el año.

Capítulo 16: Ángel Guardian.

Clarke se despertó esa noche en la cama de una casa sanadora. Una enana se encontraba atendiéndole su brazo derecho que había sufrido una fuerte fractura en múltiples huesos. Al parecer, gracias a un cristal sanador, los huesos se habían vuelto a poner en su lugar sin necesidad de una cirugía y solo necesitaba sanar con un inmovilizador. —Disculpe, ¿Cuánto tiempo tendré que utilizar el inmovilizador en mi brazo derecho? — pregunto Clarke preocupado por no poder continuar su proyecto con sus propias manos.

— Hola Clarke, que bueno verte despierto. Halsin te trajo muy preocupado por tu estado de salud. Por suerte tu brazo sanara, pero tardara un par de meses para que puedas moverlo libremente y otros meses más para que puedas cargar peso o hacer trabajos pesados con él.

Clarke sintió una gran frustración al escuchar eso, pues le condenaba a no poder trabajar a máximo rendimiento en una máquina que tenía que construirse de nuevo desde cero y en tiempo récord.

— No pongas esa cara larga Clarke, cuando sanes correctamente estarás como nuevo. Además, hay alguien que te ha estado esperando y está deseoso de verte despierto, déjame ir a avisarle —La sanadora se levantó de su silla y se dirigió a una puerta que daba con una sala de espera, de ahí, entro corriendo Rex con mucha alegría de ver a Clarke.

— ¡Clarke! ¡Despertaste! Qué bueno ver que te recuperaras pronto y que todo ha salido bien. De verdad es sorprendente como desde que estoy contigo hemos sobrevivido a toda clase de situaciones, no sé si me traes suerte o mala suerte, pero me alegro de estar de nuevo contigo.

Clarke se rio un poco con los comentarios de Rex que se alzaba sobre la cama con sus dos patas mostrando su alegría y cercanía a Clarke. — Pues no se si esto se le puede llamar buena suerte, Rex, pero también me alegro de haber contado contigo en todos estos momentos. Por cierto… — Clarke cambio su tono de voz a un tono más serio — ¿Qué sabes de Asher y Marcela? ¿Qué sucedió con ellos y cómo fue que lograron apresarlos?

— Bueno Clarke, ahorita se encuentran detenidos en el calabozo de Hardwind, están esperando a su juicio. No sé exactamente los detalles, pero eso te lo puede contar mejor Halsin cuando salgas de aquí y nos dirijamos a su casa. Yo por suerte logre conseguirles al momento de que todas las alarmas sonaron y cuando se enteró de que estabas en peligro, de la emboscada que nos dieron a las afueras de Zira, no dudo en juntar a su gente y avisar a las autoridades. Ahí fue cuando llegamos al rescate, al parecer justo en el momento adecuado por que parecía que estaban a punto de detenerte y darte un juicio rápido a los extranjeros donde si nadie de Hardwind se opone, te cortan la cabeza en menos de los que puedo contar.

Clarke se puso la mano al cuello y trago grueso, la verdad es que en ese momento todo el escenario indicaba que había hecho algo en contra de la ciudad y sus miembros. Por suerte Halsin tiene gran influencia y tiene pruebas para demostrar cual era el bando que luchaba en contra de la ley.

Con muchas más preguntas y sin ánimos de esperar, Clarke se dispuso a ponerse de pie para reunirse con Halsin. La sanadora le dio los últimos retoques al inmovilizador del brazo y dejo ir a Clarke junto con Rex.

—Tenemos que ir directo a la casa de Halsin, aun estas en libertad condicional hasta que el juicio demuestre que eres inocente y a Marcela con Asher culpables —dijo Rex mientras caminaban.

Cuando llegaron a la casa de Halsin, se encontraron con Helmir que estaba comiendo unos filetes de carne y cerveza. — ¡Clarke! ¡Te recuperaste! no esperaba menos. Siempre me has sorprendido. Y en el buen sentido, siendo un humano. Ven y siéntate conmigo, hay carne y cerveza para todos.

Clarke que tenía hambre y notaba como el filete de carne del animal que fuese, se veía tierno y jugoso no dudo en unirse a Helmir. — Gracias por la invitación Helmir, de verdad tenía un poco más de un día sin comer. Por cierto, tenía varios meses sin verte. ¿Cómo has estado?

—Tranquilo, sírvete al gusto. Tienes razón Clarke, teníamos unos meses sin vernos. He estado muy ocupado trabajando en un proyecto que Halsin me tenía encargado aquí en

Hardwind, seguro Halsin querrá mostrártelo luego. Y ¿Como te sientes? Que inesperado ha sido enterarme de que tenías acorralado al desgraciado de Asher, hubiese querido también darlo unos buenos puños.

—Pues… — En ese monto Clarke se disponía a responder a Helmir, pero noto que entraba por la puerta principal Halsin, con varios pergaminos en sus manos.

—¡Clarke! ¡Que gusto verde recuperado! Y qué bueno que estas comiendo, nada peor para sanar que un estómago vacío. Siente libre de comer lo que quieras. — Halsin se acercó a Clarke comprobando sus heridas y le dijo — Has demostrado ser no solo muy inteligente sino un valiente guerrero Clarke. No me espere jamás que lograses escapar solo de las manos de los secuaces de Asher y de paso traer un grupo de mercenarios a sus puertas y arrinconarle. La verdad, ya tenía mis sospechas y una investigación sobre él. Desde hace años sé que estaba en asuntos turbios, pero nunca tuve pruebas que demostraran que afectaba a las actividades de Hardwind hasta que tu llegaste.

—¿Desde cuándo sabes de Asher y de Marcela? ¿Esperabas que nos atacaran y destruyeran el proyecto de la máquina de aire? —Pregunto Clarke con curiosidad y mientras se saboreaba el jugoso filete.

—Bueno Clarke, ahora que estas recuperado y en mi casa me parece el momento perfecto para contarte todo. Desde que te conocí en casa de Marcela me pareciste un sujeto curioso. Llevo años pensando en una manera de ayudar a mi comunidad y sus aliados a vivir una mejor vida. Muchos de los enanos en Hardwind tenemos una vida bastante privilegiada si la comparas con casi todos los habitantes de Zal, y desde pequeño esta vida con cristales a mi conveniencia, ayudantes que me atendieran y todo lo que quisiera me fue muy normal. Pero cuando descubrí la suerte de otros, no pude evitar conmoverme. Ahora que soy la cabeza de mi clan, uno de los más importantes miembros de la orden del gremio de enanos. He buscado una manera de hacer frente a la escasez de cristales y ayudar a la gente a no morir del calor, creando espacios seguros y refrescantes para las comunidades. Ese deseo no lograba materializarse por que no encontraba la forma de hacerlo posible hasta que me hablaste de la máquina de aire acondicionado. Imaginarse poder estar en pleno calor del día y entrar en un edificio que este fresco y frio, que puedas almacenar cosas sin que se expongan al terrible calor, hacer frente a no necesitar un cristal cada medio día para refrescarte bajo techo. Eso mi amigo, es una magia que ha soñado gente por generaciones. Aunque es un invento maravilloso, existe gente que vive y disfruta a costa del sufrimiento de otros, ahí es donde encuentras a personas como Asher, quien tiene una gran red de esclavos y distribución de cristales a lo largo de Zal, para él, que los cristales escaseen se traduce en una subida de precios y mayor poder. A él no le interesaba ayudar a nadie y sería capaz de ver el mundo arder solo con mantener su estatus. Supe que un sujeto así no dudaría en destruir cualquier invento como el que tenías planeado. Por eso te mande donde Marcela, a que trabajaras un poco más fuera de su alcance y en secreto. Pero muy a mi pesar, no esperaba que Marcela me traicionara y estuviese trabajando con Asher.

— La verdad creo que nadie se lo esperaba, sigo sin creerlo del todo —respondió Rex un poco triste.

—Pues, hubo señales, pero quizás no quisimos verlas — Dijo Halsin y continuo —. Al momento de que ustedes dejaron Hardwind con mi kura lleno de los materiales para empezar la construcción, un Vor`shak les ataco, por suerte ustedes le vencieron y lograron llegar a la aldea de Zira. Ese Vor`shak tuvo que ser mandado desde Hardwind por alguien que sabía que podían estar llevando cosas de valor y que les subestimo por verlos que no eran guerreros. Cuando supe de eso, mandé a varios de mis súbditos a que rastrearan el cadáver, pero no consiguieron nada. Luego me entere por Rex, que ustedes al comentarle sobre el ataque a Marcela, ella mando a su propio Sharq a que recuperara el cuerpo del reptiliano, seguro quería ocultar cualquier marca que enlazase el ataque con ella o con Asher. No fue hasta tiempo después, cuando trabajaban en el proyecto, en el tiempo que Helmir y Björn te ayudaban con los primeros pasos. Tuve noticia de ellos.

— Si, note junto a mi hermano Björn, que los guardias que marcela tenía para vigilar el perímetro de donde trabajábamos, sabían más de lo que debían sobre nuestro trabajo en ese taller y constantemente se les veía más pendiente de nosotros que de los alrededores. Si eran los sujetos de mayor confianza de Marcela, actuaban así por órdenes de ella, pues es difícil que por ellos mismos quisieran traicionarla y a nosotros. —Dijo Helmir, terminado de masticar un trozo de carne y añadió — Es que incluso el metal solar que Halsin les mando, Björn me conto todo el problema que tuvieron para soldarlo, lo único que me cabe en la cabeza sobre la razón de esto era que Marcela que se encargo con su gente de desmontarlo del kura y almacenarlo, seguro lo modifico en algún momento, siendo ella capaz de ser la única en soldarlo. Quizás lo hizo para asegurarse de que la maquina fuese construida bajo un tiempo pautado por ella mientras planificaba con Asher como detenerlos de manera limpia y sin sospechas.

—En ese momento fue cuando decidí, junto a Helmir, que regresara a Hardwind cuando necesitase materiales y se quedara aquí trabajando en un proyecto mío mientras mandaba más ayuda con Balh, Manny y Harold. A partir de ahí rastreamos cada movimiento sospechoso. Pero con especial discreción, no queríamos levantar sospechas y perder la oportunidad de descubrir a los espías. Entonces, la noche en que Harold vio a unos guardias intercambiando información, intento confrontarlos y lo llevaron capturado. Los guardias eran humanos y no le mataron porque no querrían que el gremio de enanos se involucrara de lleno por la muerte de uno de los suyos, eso le afectaría enormemente a Marcela su libertad de acción en Zira. Sin dudas querían ganar tiempo. Ya sabían claramente que estabas por terminar la maquina y que todos los planos, herramientas y materiales los tenías junto a ella en ese único edificio. A partir de ahí, la emboscada parecía el plan perfecto y, ¡vaya que funciono! Te sacaron a ti y a todos los involucrados de la aldea y dieron el tiempo perfecto para que marcela con los lacayos de Asher prendieran fuego al taller, asegurándose de borrar todo rastro del proyecto. En ese punto solo faltabas tu. Y sabrían que, al regresar, buscarías al culpable. Ese proyecto era demasiado importante para ti. Me atrevería a decir que con el ímpetu que demostrabas en él, hubieses dado tu vida por salvarlo.

Clarke dejo de comer y apretó los puños, se dio cuenta que Halsin tenía razón y que en ese momento cuando corrió al fuego, estaba dispuesto a volver a quemarse solo por rescatar esa máquina que ya no estaba, y que ahora sentado en esa mesa, se daba cuenta que no valía su vida. Su vida valía más y estar vivo le daba otra oportunidad de crearla.

Halsin continuo —Cuando llegaste corriendo a la aldea y viste el edificio en fuego, Marcela pretendía simular que intentaba salvar el taller, pero ya el fuego era imparable. Te tendieron un anzuelo presentándote a un supuesto culpable que huía y les seguiste fuera de la aldea como Asher y Marcela predecían. Su plan había funcionado hasta que te atraparon. Esperaban no volver a verte nunca. Ahí no sé muy bien que iban a hacer exactamente contigo.

—Iban a vendernos como esclavos a algún traficante o jefe minero a las afueras de Zal, muy lejos para asegurarse de que no volviéramos. Suerte que logramos conocer a un elfo llamado Elliott y que tenía planeado robar a Asher. — Dijo Clarke.

—¿Elliott? Qué curioso, no conozco al sujeto, pero por lo que veo, consiguió lo que quería y abandono el lugar antes de que los guardias llegasen. En fin. Un sujeto como Asher tiene más de un enemigo, aunque rara vez estos terminan bien parados. Por tu suerte, ese aliado inesperado permitió que te escaparas y sorprendieras a Asher y a Marcela con un grupo de mercenarios en sus puertas. Fue el cabo suelto más grande de ellos. Que seguro se reunían para cerrar el caso del aire y darse por victoriosos. Una vez que Rex llego corriendo y me conto lo que habían pasado y en la situación en la que estabas metido, supe que hacer. El rompecabezas se armaba. Y la cereza del pastel fue ver a Marcela en el mismo lugar. ¿Cómo podía ella estar en Hardwind si la invitación directa de un enano? Ella ya me había escrito por carta todo lo ocurrido contigo, Rex y la máquina, no teníamos nada que discutir y menos así de sorpresa. Ella estaba ahí, cerca del edificio de Asher ¡definitivamente para reunirse con el!

—Si, antes de entrar yo escuche como hablaba con Asher y celebraban que su plan había salido a la perfección hasta que nos descubrieron y todo quedo en un caos. Por suerte no escaparon. —dijo Clarke.

—¡Exacto! Y ahora tenemos todas las pruebas para asegurarnos de que pasen un retiro tras las celdas pensando en todo el daño que estaban dispuestos a causar por su propio egoísmo. —dijo Halsin con emoción mostrando una gran alegría.

Clarke en cambio, estaba contento de saber todo lo sucedido y como terminaron las cosas, con la justicia prevaleciendo, pero estaba también un poco afligido—Si, yo también me alegro de que saliéramos bien de esto, pero lamento mucho haber perdido la maquina y todo los esquemas y partes relacionados con ella. La verdad será muy dura construir otra nueva si es que es posible…

Halsin puso su mano sobre el hombro de Clarke y con una enorme sonrisa le dijo —Tengo algo que mostrarte, amigo. Termina de comer y acompáñame.

Clarke dio sus últimos bocados y se tomó el vaso de agua de un solo tirón. Luego se puso de pie y se dispuso a seguir a Halsin.

El grupo camino fuera de la casa y se dirigió a uno de los extremos a casi las afueras de la ciudad, allí se encontraba una gran edición cubierto por varios muros de piedra y varios guardias enanos en las afueras. Cuando entraron, Helmir tomo la delantera y abría unas grandes puertas corredizas que daban a un taller mecánico. Allí Clarke observo algo que le dejo sin palabras y le tambaleo el mundo.

Dentro del edificio se encontraba una réplica muy parecida de su máquina de aire acondicionado mágico, había copias de los esquemas y diagramas, las tuberías ya estaban soldadas y prácticamente se encontraba muy cerca del estado casi terminado de la máquina que fue calcinada por el incendio en la aldea de Zira.

—¡No puedo creerlo! ¡Es una copia de la máquina que estuve construyendo! Halsin, Helmir ¿Cómo lo hicieron? — Dijo con gran alegría Clarke mientras saltaba de la alegría.

Tanto que Rex tuvo que incitarle a parar para que no se lastimara.

—Como sabrás Clarke, al momento en que Helmir volvió a la aldea, ya teníamos altas sospechas de que el proyecto corriera peligro así que decidimos ser extra cuidadosos y replicar la maquina aquí. Además, que al ser yo el principal financiador del proyecto, quería una réplica para poder usar y beneficiar a la ciudad. Como sabrás, una de las razones de que estas en libertad tras haber ingresado a un gran grupo de mercenarios a la ciudad y haber asaltado las tierras de un enano, no es solo porque soy influyente o por que tu objetivo era un criminal, sino porque también planeo presenta este proyecto terminado como una invención patentada del gremio enano. Seguirá ayudando a las personas, pero será bajo la mano de obra, financiación y control de mi pueblo. Así que al tu estar involucrado en algo tan importante se te tratara con especial cuidado como aliado de todos.

Clarke guardo un momento de silencio, se dio cuenta que al final de todo, su proyecto seguía sin ser del todo suyo y que tampoco estaría de libre acceso. Pero pensándolo mejor, comparo la situación con las diferentes empresas que diseñan sus propios modelos de aires en florida y la verdad es que el trabajo y materiales usados en el diseño de estas máquinas era alto, y era mejor dejarlas en manos de profesionales que las pudiesen mantener, crear eficientemente y hacerlas seguras. Sin dudas, en lo que podía pensar y recordar. Que cayera en las manos de Halsin era una de las mejores cosas que pudo haber pasado. —Me alegra que hayas pensado en construir una réplica. Puedo ver como este proyecto tomara vida pronto y ayudara a un gran número de personas. Confió en ti para que sea accesible y el mayor número de personas pueda disfrutar de esta y muchas futuras replicas que se construyan en las aldeas.

—¡Cuenta con ello Clarke! Me hace feliz saber que ahora que conoces todo lo que paso, sigas queriendo terminar el proyecto. Se que solo faltan algunos detalles que no alcance a armar con Helmir para alcanzar lo que tenías echo en Zira y que la prendas. Dejaremos eso para luego del juicio donde testificaras con Rex y me ayudaras con todas las pruebas para encarcelar a Asher, a Marcela y a todos sus aliados.

El grupo luego de haber visto la maquina y asegurarse de que todo estuviera en su sitio, cerraron el taller y se dirigieron a la casa de Halsin donde pasarían la noche. Clarke pudo por fin dormir en una cama de tela, en una propia habitación, sabiendo que si contaría con el tiempo para terminar la máquina. Esa noche placido y en calma como llevaba muchas noches sin hacerlo durmió con una gran sonrisa en su rostro.

Capítulo 17: La Recta Final.

El Juicio se dio al día siguiente ante la corte suprema enana de Hardwind, las pruebas recopiladas por el equipo de Halsin durante todos estos meses y las encontradas al momento de allanar la base de Asher y la casa de Marcela fueron decisivas para la sentencia que estos dos recibirían. Clarke junto a Rex y todos los afectados declararon ante la corte y luego de un largo proceso de revisión por todos los miembros del jurado, sentenciaron a Asher a cadena de 100 años y luego de su liberación, la imposibilidad de volver a dirigir operaciones de minería, entre otras.

Marcela que a regañadientes aceptaba la realidad de la situación tuvo la misma sentencia, pero a diferencia de los enanos que viven cerca de medio milenio de anos, para Marcela significaba estar presa el resto de su vida. Los enanos no hacían distinción de sus leyes y en especial con alguien que afectaba desde afuera de Hardwind directamente con su orden y actividades.

Al momento de la sentencia, pese a todo lo acontecido, Clarke sintió pena por ella. En especial por su hija Saraí que tenía solo 8 años y no tenía padre conocido. Pensar en que estuviese sola le hacía sentir mal y lo reflejaba en su rostro. Halsin que, durante ese momento, se encontraba sentado a su lado en la sala de juicio, le puso su mano en el hombro y le dijo —No te preocupes Clarke, a mí tampoco me alegra del todo el destino de Marcela, aunque soy partidario de la justicia y también fui amigo genuino de Marcela, aunque bajo una mentira. Si me preocupo por su hija que nada tiene que ver con esto. Me asegurare de que este bajo mi protección como su tío, que siempre de esa forma ella me ha hecho sentir que soy. La cuidare y la guiare con los ideales que siempre ha tenido de crecer como la jefa sucesora de Zira bajo los principios de ayudar a los suyos; pero sin sacrificar el bienestar de los demás.

Clarke sintió un enorme alivio al oír esas palabras de Halsin, y juntos salieron de la corte, con todos los adversarios a su proyecto detenidos y seguros de seguir progresando en él. Asher y Marcela no serían los últimos en imponerse al progreso y revolución de este invento, pero ya no había amenaza inminente de la que tuviesen que preocuparse. Clarke y su equipo estaban con su frente en alto y viendo con una sonrisa al futuro que se materializaba.

Los días siguientes, Clarke retomo el trabajo de la maquina en Hardwind, aún tenía el brazo inmovilizado, pero contaba con todo el equipo de Halsin y Rex para apoyarles. Delego y dirigió a los miembros para que realizaran los trabajos restantes en la construcción del aire. El ambiente en el taller era alegre, jovial y como siempre Clarke imagino que sería cuando tuviese que liderar a un equipo. Clarke no pudo evitar recordar su experiencia con los técnicos de Coolforever y como en ese entonces no confiaba en sus miembros para los proyectos, atrasando los trabajos e incluso generando más problemas al no hacerlo. Se dio cuenta de lo muy equivocado que estaba y se sentía feliz con que había logrado cambiar. De repente el no poder hacer las cosas por sí mismo no le molestaba tanto. Sabía que detrás de cada martillazo, de soldadura bien echa y de un buen trabajo hecho, él era parte de eso. Como líder era parte de los logros y de las derrotas. Así que, ¿qué mejor de ser parte de las dos situaciones, que impulsar siempre a ir por las victorias y metas alcanzadas?

Pasaron varias semanas y por fin la maquina estaba terminada. Todo el equipo que había trabajado en ella estaba presentes y ansiosos cuando tocaba encender el sistema de aire por primera vez, todo insistieron a Clarke que lo hiciera y él con una enorme sonrisa y usando su mano buena, levantó la palanca de encendido y la maquina emitió un emocionante sonido de que funcionaba y estaba trabajando como debía. Toda esa noche celebraron y tomaron cerveza con alegría. Lo habían conseguido. La máquina de aire acondicionado era una realidad y funcionaba como era planeado. El taller se aclimato a la temperatura deseada y días después distribuyeron el aire frio a las demás casas de Hardwind, toda la ciudad estaba impresionada y aliviada, al parecer, el estrago de los cristales escasos era un problema del pasado y la vida parecía ser más agradable de vista al futuro para todos sus habitantes.

Los siguientes meses, Clarke se dedicó a trabajar y ayudar al equipo de Halsin con los procesos de mantenimiento de la máquina. En planes futuros para la construcción de otras más maquinas en otras aldeas aliadas como Zira, e incluso le menciono diseños a los demás sobre los refrigeradores y congeladores. El imaginarse la idea de tomar cerveza fría era una cosa que motivaba enormemente a los enanos que se convencieron completamente con la idea.

Halsin se había ganado el completo liderazgo de Hardwind, la gente le veía como un enviado divino que hizo el invento del aire posible y a Clarke le reconocían como un pilar fundamental de ese trabajo. A Clarke no le molestaba, su misión era lograr aportarles a las personas algo que les ayudara en sus vidas y lo había conseguido con ayuda.

Un día, cuando ya se acercaba el tiempo de cumplir un año desde que llego al desierto, Clarke se dirigía en un Urka a la aldea de Zira, junto a Rex, llevando materiales para empezar la reconstrucción del sistema de aire. En el camino, Clarke observaba el amplio horizonte del desierto con sus dunas en los alrededores, mientras lo hacía, observo algo que le llamo la atención, era una figura humanoide deambulando por el desierto sola.

— Oye Rex, ¿vez a ese sujeto que está vagando solo por el desierto?

— No veo nada Clarke, ¿te sientes bien? Quizás el calor te está haciendo ver cosas.

Clarke seguía viendo la figura que se había detenido y miraba desde lo lejos en su dirección, parecía un humano que él no reconocía.

— Es en serio Rex, ¿de verdad no lo ves?

— No lo veo Clarke, es más, ni siquiera lo huelo y eso dice que no hay nada allí. Deberías dormir un rato mientras el kura avanza a la aldea.

La figura que Clarke veía a la distancia se hacía cada vez más nítida y clara. Mientras él se esforzaba mejor para detallar la figura que veía, se dio cuenta que era un humano de cabello y barbas blancas.

— ¡Doctor Lee! — Grito Clarke de sorpresa y se dirigió de inmediato a bajar del kura para correr donde Lee se encontraba.

— ¡Clarke! ¿Qué haces? ¿A dónde vas? — Dijo preocupado Rex por la reacción repentina de Clarke, y decidió seguirle.

Uno detrás del otro corrió sobre las arenas, alejándose un poco del kura. Clarke estaba impresionado de ver al doctor en este tan remoto lugar y expuesto al intenso calor, pero como veía al doctor todo limpio, sin sudor ni reflejo de que el lugar ni las condiciones le afectara dudo si de verdad estaba en frente de él o era un espejismo. Hasta que escucho.

—Eres un hombre distinto Clarke, lo has hecho bien. Puedo notar al verte, al estar en los pueblos y aldeas donde estuviste como has dado tu mejor parte de ti a los que te rodeaban. Debes de estar muy orgulloso por lo que lograste.

— ¡Doctor lee! Pero… ¿Qué hace aquí? Si mi calculo no me falla, aún faltan pocos días para que se cumpla el año.

—Puedes que tengas razón, pero eso sería si el calendario de tu mundo de origen fuera el mismo que de este mundo. La verdad, que en Zal, el calendario es unos días más corto y no vi necesidad de explicártelo. Hacer las cosas a tiempo es como hacerlas tarde y lo mínimo que esperaba es que lo lograras antes. Cosa que hiciste.

Clarke tuvo un momento de silencio, al parecer se la había acabado el tiempo en este mundo desértico, volvería a su mundo de origen y dejaría todo atrás. Un gran sentimiento de incertidumbre le invadía en ese momento, no sabía qué le iba a esperar luego. Aquí ya se había mentalizado los muchos proyectos a hacer junto a Halsin y su gente, pero a la vez, un cálido recuerdo le hacía sentir más calmado, sabiendo que había dado lo mejor de sí mismo y dejado delegado los proyectos a un equipo muy capaz, sabía que les iría bien sin él. Aunque en ese momento, sus pensamientos se vieron interrumpidos por una voz que le hablaba.

—¿Clarke que sucede? ¿A quién le estás hablando? ¿estas bien?

Clarke al escuchar su voz, sintió un gran frio helado en todo su cuerpo, Rex, su gran y único amigo en años, quien le había salvado, cuidado, acompañado y apoyado en toda esta aventura, era citadino de Zal, de todas las cosas y personas que dejaría atrás ¿Qué pasaría con él?

—Doctor Lee, si me dice que ha llegado la hora, ¿Qué significa? ¿Me toca regresar a mi mundo? ¿Qué sucede con todo lo que se queda aquí y las personas?

—Significa que es hora de regresar a tu mundo de origen Clarke, no es posible que te quedes más tiempo aquí, tu influencia sin dudas dejo una marca permanente en las personas y vidas de este mundo, pero tal impacto tiene un precio cuando no estas en tu universo de origen, y es que debes regresar o corres el riesgo de desaparecer. Supe que tu impacto seria grande y por eso calculé un año para que tuvieses que regresar. Es hora. ¿Estas listo?

Clarke escucho esas palabras y tuvo un ataque repentino de tristeza, no quería despedirse de su amigo Rex, se lanzó al suelo de rodillas, y conteniendo sus lágrimas abrazo fuertemente a Rex.

— ¿Qué pasa Clarke? Dime que te ocurre por favor, me tienes preocupado.

— Gracias por todo Rex, has sido el mejor amigo que he podido desear. Cuídate mucho por favor. ¡Te quiero amigo! —dijo Clarke mientras decía estas palabras con voz llorosa.

El cuerpo de Clarke en ese momento empozo a destellar un brillo y su cuerpo empezó a desmaterializarse, esparciendo partículas que se alzaban con el viento. Rex no entendía que sucedía, no podía escuchar ni ver al doctor lee, pero notaba como Clarke se desvanecía en el aire y con esto se dedicaba a gritar el nombre de Clarke hasta que no le vio más.

Toda la visión de Clarke se hizo oscura y de repente se encontraba flotando en el espacio, estaba en medio de la nada y acompañado del brillo de las estrellas en su lejanía, de repente escucho de nuevo la voz del doctor Lee.

—Disculpa que tu despedida haya sido tan abrupta Clarke, veo que Rex fue muy importante para ti en este trayecto, y supongo que tenías muchas cosas de las que aferrarte en ese mundo. Sin embargo, era imposible que te quedaras, tenía que ser así.

Clarke guardo silencio mientras entraba en razón y aceptaba lo que estaba sucediendo. Estaba luchando contra su negación de los hechos.

—Lo que hiciste en el mundo de Zal, lo que viviste durante este año no carece de sentido alguno Clarke. Todos los logros de tu invención y sus consecuencias son muy reales para las personas de ese mundo y muchas familias, personas, niños y demás criaturas podrán vivir más en paz, con una vida más larga y plena ya que les ahorraste los estragos de morir del calor sin el uso de cristales. Te convertiste en un héroe.

—Pero, pero ¿Qué me queda de eso Lee? Está bien ser un héroe y ayudar a la gente, pero al mundo a donde vuelvo nadie sabe eso ni me va a creer. Todo lo que tenía lo perdí. Perdí a mis amigos, hogar, vida.

—Tienes razón y no tienes razón a la misma vez Clarke, tú has tenido todas esas cosas y más en tu mundo de origen, la diferencia es que tú mismo fuiste el culpable de perderlas en primer lugar, descuidaste a tus amigos, tu familia, tu hogar, salud, todo por tu trabajo y no querer contar con nadie más. Pero a lo largo de este año con todo en contra, te las apanaste para hallar tu propio camino de cambio y ganar todas esas cosas que habías perdido. Viviste en un equilibrio entre todas esas cosas y te fue mucho mejor.

— ¿Y qué? Ahora tú te has encargado de quitármelo todo Lee. ¡Me has dejado sin nada!

—Te equivocas Clarke, en tu mundo de origen todavía cuentas con una vida, aunque con otros desafíos y dificultades distintas a las del desierto, aun te queda futuro, te queda tu hijo Alejandro que cada día siente que pierde más y más a su padre. Todos tus conocidos saben que eres un técnico de aire increíble y aunque no puedas ejercer, tienes una mente brillante para ensenar y delegar como el líder que siempre quisiste ser y que aprendiste a ser en Zal. Ahora puedes demostrar al mundo tu verdadero potencial. Desde que te conocí supe que eras un guerrero, ¿o me equivoqué? Aún existe gente que puede ver tu potencial, pero, después de todo lo que pasaste ¿aun no lo ves?

Clarke pensó en silencio las palabras del doctor Lee, la verdad que, si se había transformado a lo largo de su estadía por Zal, recordaba aquella vez que en las minas golpeaba las rocas con determinación para cambiar su destino, para cambiar quien era, viéndose reflejado en su pasado como Duspathalyn, que había sido su tiránico jefe en las minas. Recordó la emoción de tener un proyecto a futuro del aire y de cómo ser un buen líder le había traído alegrías al compartir con un equipo que le respetaba y apreciaba por igual, transformando cada logro de su equipo como uno del que formaba parte también. Recordó su pelea contra Asher quien había intentado detenerle y atacar en sus puntos débiles y sin embargo pudo derrotarle, no solo con la suerte, sino con la determinación, en como lucho aun con su brazo fracturado para demostrarle que sus buenas intenciones de ayudar a los demás podían impulsarle más lejos, superar sus límites. La verdad, lo que siempre amo Clarke de su trabajo era la sonrisa de sus clientes, como le agradecían después de reparar una máquina que sin ella hasta el interior de su hogar podía dejar de ser un palacio a ser un infierno.

Clarke alzo sus manos frente a él, mientras flotaba en el espacio boca arriba y veía como sus experiencias le habían marcado para siempre y aun había cosas que necesitaban que el las hiciera, tenía a su hijo que seguro le extrañaba y que aun necesitaba de el para no caer en los mismos errores que su padre. Tenía la oportunidad aun de liderar un equipo de aire y seguir ayudando a las personas a vivir más cómodas ante el enorme calor de Florida, dando un servicio como ningún otro.

Clarke volvió a escuchar la pregunta del doctor Lee que cuestionaba si era un guerrero o alguien que huye de las situaciones difíciles. Ahí el orgullo de Clarke salió a flote, él sabía y se había demostrado que siempre encaraba las situaciones difíciles de frente, con perseverancia, con decisión y con orgullo de no dejarse vencer, y sabía que ahora incluso había aprendido a contar con el apoyo de otros también.

Era una situación difícil y muy dolorosa despedirse de todo lo que había hecho en Zal, pero sabía que esas experiencias y recuerdos le acompañaban donde quiera que fuese.

—No se equivocó, doctor Lee, si soy un guerrero, desde la cuna. Eso me ha permitido alcanzar mis metas de una forma u otra y en el camino ayudar a muchas personas. Se qué hora soy un mejor guerrero, que piensa sus batallas y sus acciones antes de hacerlas, usando todos los recursos a mi favor, así seguro tendré menos fallas y errores en el camino. Pero, admito que no he sido muy agraciado con los retos que me han tocado afrontar.

—Clarke, me alegra ver que seas consciente de tu mismo progreso como persona. Y sobre tus retos en la vida, cada persona afronta los suyos propios, muchos de ellos te los ocasionaste tú mismo, pero tuviste esta oportunidad que te di para aprender a afrontarlos y ahora que te veo, sé que ningún reto en tu camino ha sido demasiado grande para ti, siempre has superado las expectativas. Recuerda eso siempre y ahora aprovecha de vivir tu vida de la manera que tu realmente quisiste, no pierdas tu norte, y recuerda que, aunque no me veas, siempre estaré apoyándote y velando por ti.

—¿Quién es usted, doctor Lee?

En ese momento el espacio de donde flotaba Clarke empezó a moverse como en un torbellino, todo estaba siendo adsorbido por un repentino hoyo negro que era diminuto y que se hacía rápidamente más y más grande a medida que absorbía todo en el espacio, incluido Clarke. Poco pudo hacer él mientras gritaba y era absorbido en la inmensa obscuridad.

Capítulo 18: Un Hombre Nuevo.

Clarke se despertaba de golpe en la camilla de la habitación del hospital, apenas abrió los ojos busco con su mirada al doctor Lee, parecía que solo había pasado un abrir y cerrar de ojos a cuando estaba en el espacio. Noto que había un incienso apagado en la mesa de al lado y una voz le distrajo.

—Señor Clarke ¿está bien?

Clarke noto a un hombre sentado en la silla cercana a la cama, tenía bata blanca, pelo negro y unos lentes. Por el aspecto, debía de ser un doctor, pero no era uno al que reconocía.

— Disculpé, me perdí por un momento ¿Quién es usted? Y ¿Dónde está el doctor Lee?

—No se preocupe señor Clarke, es normal no estar del todo claro ante un accidente como el que usted sufrió. Recuerde que estoy aquí por ayudarle, soy el psiquiatra, el doctor Pinto. No creo que tengamos en la nómina a algún doctor llamado Lee. ¿Es algún conocido suyo?

Clarke se quedó sorprendido, el incienso en la mesa era aquel que el Dr. Lee le había dejado, además que se había presentado como psiquiatra. Clarke entendió que quizás no le vería más. Puede ser que el doctor Lee era alguna presencia más allá de su comprensión al igual que todo su viaje a Zal, era una experiencia que mejor debía guardar para sí solo.

—Si, es un psiquiatra que vi en alguna revista, creí que trabajaba aquí, pero ya que está usted aquí no me preocupo. sé que estoy con un profesional.

—Bueno, muchas gracias, Clarke, Claro que sí, puedo asegurarte de que yo como los otros doctores estamos atentos para que tengas tu mejor recuperación. Tus tratamientos, terapias y proceso de adaptación tomaran tiempo, siéntete libre de comunicarme como te sientes durante estos próximos meses y te ayudare en lo que pueda.

Clarke cayo en cuenta al escuchar todo el proceso de recuperación y se dio cuenta, recordó que después de su accidente en el edificio donde trabajaba, había perdido sus piernas y manos, al parecer ya no necesitaba tantas máquinas y tubos, podía hablar y ver, aunque cicatrices de quemaduras le cubrían parte de su cuerpo. Clarke aún tenía el presentimiento de sentir sus manos y pies, pero era por el efecto de miembros fantasmas. Clarke no pudo evitar venirse abajo y afligirse por volver a estar en ese estado.

—Clarke, antes de irme y dejarte un rato antes de que te visite el próximo médico, quería informarte que, durante estas semanas, tu seguro se actualizo y con la compañía de CoolForever tendrás cubierto todo el tratamiento, prótesis y mejores profesionales para ayudarte y que tengas una mejor recuperación. Va a ser un reto, pero cuentas con el mejor equipo para eso. Aquí te dejo unos libros de varios de nuestros pacientes y como se han recuperado exitosamente. Son muy interesantes sus historias.

—Clarke guardo silencio mientras escuchaba las palabras del doctor y sus propios pensamientos, aunque se contuvo con todas sus fuerzas, se le escapaba unas lágrimas por el hecho de estar como estaba.

El doctor salió y la habitación quedo en silencio, Clarke tuvo un momento de reflexión, de análisis y de responderse así mismo muchas preguntas sobre su vida y su futuro.

Al paso de unas horas, la puerta de la habitación se abrió y una muy grata sorpresa entro en la habitación. Era el hijo de Clarke, Alejandro.

—¡Padre! ¡Despertaste! — Dijo Alejandro mientras se acercaba y tocaba el hombro de Clarke. Mostraba lágrimas en su rostro. —Pasaron varias semanas y los doctores no sabían que decirme, me decían que te tenían conectado a maquinas que te mantenían con vida y lo mejor era esperar a que mostraras mejoría. No sabes cuanto me alegra verte despierto padre. —Alejandro se secaba las lágrimas de las mejillas con la palma de sus manos.

—Hijo que bueno verte, sabes que tu padre es un guerrero, aquí estoy recuperándome. Te dije que veríamos aquel programa que grabaste ¿te acuerdas?

— Padre, ¿aun te acuerdas de eso? Claro que sí, aun lo tengo grabado para que lo viéramos juntos. Pero, padre me asustaste mucho. Ese accidente que tuviste en el trabajo fue una cosa bastante grave, estas vivo de milagro. No sabes cuanto agradezco que haya intervenido ese milagro. —Alejandro volvió a mostrar lágrimas en sus mejillas, estaba luchando para no llorar frente a su padre, pero estaba muy emocionado.

— Disculpa haberte preocupado tanto hijo, lamento no haber podido estar más tiempo contigo, en no responder todas tus llamadas, por todos los fallos que te mostré de mí.

— ¿Qué dices padre? No te disculpes por nada, sé que el trabajo es importante y tenías que enfocarte, discúlpame más bien a mí por haberte distraído cuando siempre me decías que lo que hacías era peligroso. Los programas grabados y esas cosas no importaban tanto papa.

—Los programas en sí mismos no importaban, pero te equivocas hijo, el trabajo es importante pero no más que tu familia. Jamás debí descuidar tanto la mía. Y si me permites, ahora espero que no sea muy tarde para volver a compartir contigo muchas de esas cosas que siempre me llamaste para hacer conmigo.

—¡Claro que si padre! Ni lo dudes. Sabes que también cuentas conmigo, y te acompañare en tus terapias y recuperación ¡cuenta con eso!

En ese momento, Clarke le respondió con un gesto a su hijo y se dieron un abrazo. Clarke sintió alivio y unas enormes fuerzas para seguir, lo haría por el mismo y por su hijo.

Los siguientes meses, Clarke continuo con sus medicamentos, terapias físicas, terapias con su psiquiatra y hasta se leyó todos los libros que le había recomendado el Doctor Pinto.

Tiempo después, Clarke logro salir del hospital con sus nuevas prótesis, aunque aún en silla de ruedas. Le pasaba a recoger su hijo Alejandro que le empacaba sus cosas para subirse al carro. Clarke le miraba desde un lado del vehículo sentado sobre la silla. Observaba como su hijo enlistaba todo con gran emoción, sin embargo, parecía que traía algo en el carro que quería mostrarle.

—Padre, no sé qué relación tienes tu con un tal doctor Lee, pero mando por correo a mi casa con una carta con un regalo para ti. Fue muy específico con traértelo apenas te dieran de alta en el hospital. Quizás no te conoce muy bien, pero te lo traje para que me digas que prefieres hacer con él.

Clarke se emocionó todo cuando escucho el nombre del doctor Lee, no sabía nada del desde que desapareció en su conversación mientras flotaban en el espacio. ¿Qué podía ser ese tan especial regalo? Clarke se impaciento y de repente escucho un sonido. Lo que escucho y observo no se lo esperaba y le dejo completamente sin palabras.

Bajando del carro y corriendo a su dirección, se acercaba con la mayor sonrisa de todas, un perro marrón con orejas puntiagudas, este se acercó a Clarke y sobre sus dos patas se levantó para abrazarlo.

Clarke estaba impresionado, no podía creer lo que veía, el perro todo emocionado le lamia y abrazaba. Clarke le acaricio la cabeza y el cuerpo con sus muñones, imaginando que era quien creía que era, hasta que confirmo al leer en el collar de su cuello el nombre del perro, "Rex". Clarke conmocionado lloro y le dijo — ¡Rex! Amigo ¿qué haces aquí? ¿Cómo es esto posible? ¡Te extrañe mucho también!

Su hijo Alejandro sorprendido por la reacción de su padre que nunca había demostrado cariño especial a los animales se acercó a él y dijo —¡Vaya! Padre ¿en qué momento te empezaron a gustar los perros? Ese doctor Lee debe de conocerte muy bien. Ten, toma. Con el perro estaba una carta que no quise leer, era solo para ti.

Clarke tuvo la carta de su hijo enfrente de el sobre sus piernas y la leyó:

"Querido Clarke, las buenas acciones hacia otros dejan huellas imborrables en sus vidas que hacen que quieran estar cerca de uno. Realizaste muchas grandes hazanas en el último año, pero una muy especial, tu primer y más grande logro fue abrirte a alguien muy especial. Su vida ya no iba a ser la misma luego de lo que vivieron juntos y su misión en el desierto no tenía tanta relevancia como la misión que quiso y decidió aceptar. Rex acepto el reto de ayudarte y acompañarte, sin importarle no poder regresar a su mundo, acudió a este para estar contigo. Aquí no puede hablar, pero estoy seguro de que con el vínculo de amistad que crearon ustedes. Las palabras están demás. Les deseo lo mejor siempre Clarke y recuerda mis últimas palabras cuando hablamos la última vez. Nunca estas solo."

Clarke termino de leer la carta y se emocionó bastante, ahora tenía gran confianza sobre el futuro, tenía a su hijo más cerca que nunca y volvía a contar con su gran amigo Rex para las aventuras y retos del mañana.

En los próximos años Clarke lograría recuperarse, adaptarse completamente a las prótesis y abrir su propia empresa con su hijo de CoolForAll donde entrenaría a los futuros técnicos con el lema de dar el mejor servicio de todos a sus clientes de Florida, Rex le acompañaba como perro guía y era parte del logo de la compañía, y junto a su hijo quien enseñaba ahora a vivir el equilibrio perfecto entre el trabajo y el tiempo personal, los amigos y la familia.

Clarke pudo así tener una vida plena y disfrutarla más que años anteriores, ahora aprendía cosas nuevas a las que nunca les dedico tiempo, viajo y conoció lugares, ayudo a otros y se convirtió en un ejemplo de superación y éxito para todas las personas de sus alrededores que le admiraban y apreciaban de igual forma. Clarke se había convertido en un hombre nuevo.

FIN

Descargo de Responsabilidad

Esta es una obra de ficción que no pretende basarse en la vida de nadie en específico. Los nombres de personas y empresas no pretenden hacer mención específica de nadie. Las únicas referencias reales es la inspiración al fabuloso invento del aire acondicionado moderno por parte de su creador Willis Haviland Carrier. Además del espectacular estado de Florida, la cuna donde nació esta historia y fue escrita.

Si te gusto este cuento y su mensaje, no olvides revisar las otras obras de su autor Manuel A. Ruiz Sosa

"Los Niños y el Dragon Verde"

Sígueme en

Tik-tok @manuel.ruizsosa.autor

Instagram: manuelruizautor